Une histoire pour chaque soir
Les grands Classiques du
Père Castor

Conception graphique : Marie Pécastaing et Flammarion
Suivi éditorial : AMK Comptoir éditorial

Textes intégraux

ISBN : 978-2-0813-0112-2

Imprimé par Graficas Estella, Espagne – 10/2016
Éditions Flammarion (n°L.01EJDN000956. C004)
87, quai Panhard-et-Levassor, 75647 Paris Cedex 13
www.editions.flammarion.com
Dépôt légal : octobre 2013
Loi n° 49-956 du 16 juillet 1949 sur les publications destinées à la jeunesse

Une histoire pour chaque soir

Les grands Classiques du Père Castor

Père Castor ■ Flammarion

Sommaire

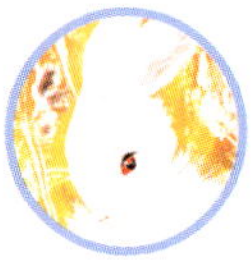

Petit chat perdu

Natacha, illustrations d'Albertine Deletaille

– J'ai un peu faim, dit le petit chat perdu.
– Va voir la fermière, répond le chien. Dis-lui : « *Ouaf! ouaf! ouaf!* »
Elle te donnera un os.
– Ce n'est pas un os que je veux, c'est du lait.
– Qu'as-tu, petit chat ? demande le coq.
– J'ai faim !
– Va trouver la fermière et dis-lui : « *Cocorico !* »
Elle te donnera du grain.
– Je n'en veux pas ! Je veux du lait !

– J'ai faim ! Maintenant j'ai très faim.
– Va voir la fermière, dit le lapin. Fronce un peu le nez et remue les oreilles.
Elle te donnera du trèfle.
– Je ne veux pas de trèfle ! Je veux du lait !
– Qu'as-tu, petit chat ? demande le canard.
– J'ai faim ! tellement faim !
– Va voir la fermière et dis-lui : « *Coin-coin-coin !* »
Elle te donnera de la pâtée.
– Je ne veux pas de pâtée ! Je veux du lait !

– J'ai faim ! J'ai vraiment trop faim !
crie le chaton.
– Va voir la fermière, répond la chèvre,
et dis-lui : « *Mêê ! mêê ! mêê !* »
Elle te donnera de l'herbe.
– Ce n'est pas de l'herbe que je veux !
C'est du lait ! Je veux du lait ! du lait !

L'âne arrive :
– Tu as vraiment trop faim, petit chat ?
Va voir la fermière, dis-lui : « *Hi-han ! hi-han !* »
Elle te donnera de l'avoine !
– Je ne mangerai pas d'avoine ! Je veux du lait !

– Tu as si faim que ça ? demande le gros chat. Allons voir la fermière.
Tu lui diras : « *Miaou ! miaou !* », et elle te donnera du lait.
– Oh ! oui, *miaou* : du lait.

– *Miaou ! miaou !* dit le chaton
d'une toute petite voix.

Et la fermière lui donne du lait.
Le petit chat est content !
Pour dire merci, il ronronne.

Quand Coulicoco dort

Paul François et Pierre Chaplet, illustrations de Kersti Chaplet

Il fait si chaud, Coulicoco a tant joué, tant couru, tant mangé,
qu'il s'est couché dans son hamac après le déjeuner,
et qu'il s'est endormi à l'ombre des figuiers.

Quand Coulicoco dort, il ne faut pas le réveiller.
Car si quelqu'un le réveillait, nul ne sait ce qu'il pourrait arriver.
Sa maman fait la lessive.
Son papa va vendre des melons au marché.
Nul ne songe à réveiller Coulicoco.

Une mouche pourtant bourdonne à son oreille,
des cochons grattent, reniflent et grognent,
mais, rien ne réveille Coulicoco.

Soixante-quatorze fourmis font l'escalade du figuier
pendant que dort Coulicoco.
Très loin, près du grand fleuve, seize hippopotames vont se baigner
pendant que dort Coulicoco.
Plus loin, plus loin encore, dans la mer immense,
vont et viennent mille et mille poissons
pendant que dort Coulicoco.

Coulicoco a dormi longtemps, très longtemps,
puis, il s'est levé tout seul…
et il s'en va vers le village.

Et si quelqu'un l'avait réveillé, que serait-il arrivé ?
Sa maman n'aurait peut-être pas fini sa lessive.
La mouche n'aurait pas volé si près de lui.
Les cochons se seraient sauvés…
Les fourmis n'auraient peut-être pas osé grimper sur le figuier.

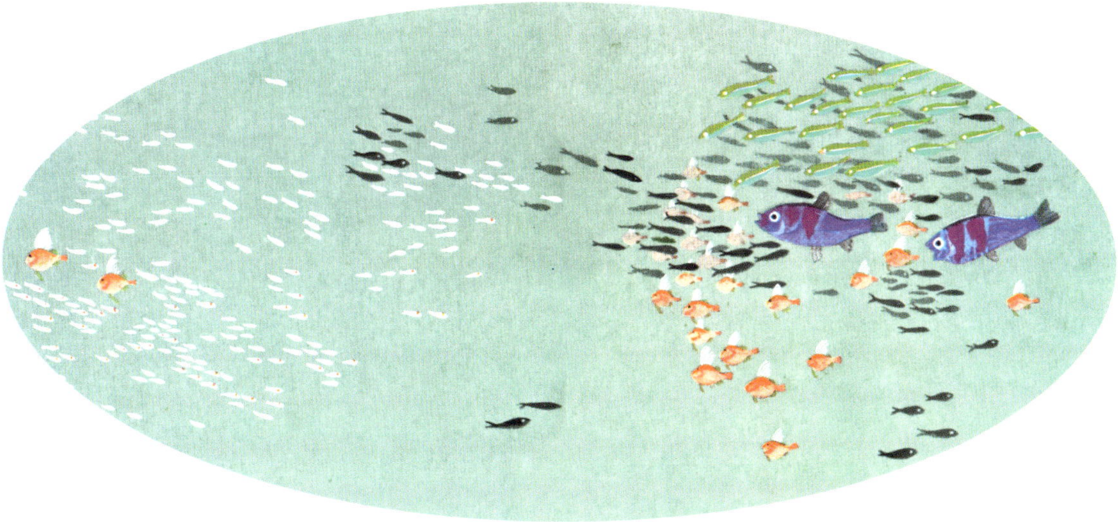

Mais cela n'aurait pas empêché
les hippopotames de se baigner dans le fleuve,
ni les poissons de nager dans la mer,
ni la terre de tourner autour du soleil,
ni les alouettes de chanter dans le ciel,
ni les enfants de jouer à l'ombre des maisons.

Et quand Coulicoco arrive à la maison,
son papa est rentré du marché,
sa maman prépare le goûter.
Coulicoco aura encore le temps de s'amuser
avec les enfants du village
et de rire jusqu'au dîner.

Petit Zèbre

Anne Fronsacq, illustrations de Gérard Franquin

Un petit zèbre se promène tout seul,
très loin, là-bas, dans la savane africaine.

Ce petit zèbre est malheureux
parce qu'il n'est pas comme les autres zèbres.
Il porte les raies noires à la place des raies blanches,
et les raies blanches à la place des raies noires.
Un zèbre comme il faut doit avoir les raies blanches
et les raies noires comme ça, et pas autrement !

Les zèbres comme il faut se moquent de Petit Zèbre :
– Il n'est pas comme nous !
– Il est ridicule !
– Il porte ses raies à l'envers !

– Pourquoi es-tu si triste, Petit Zèbre ? demande la girafe.
– Les autres se moquent de moi parce que je porte les raies à l'envers !
– Mais je te trouve très élégant comme ça ! dit la girafe.
– Moi aussi, dit la gazelle.

La nuit descend sur la savane africaine.
Petit Zèbre s'endort en se répétant tout bas :
« Je suis très élégant comme ça ! »
Petit Zèbre se met à rêver. Petit Zèbre rêve... rêve...

Mais au matin, les zèbres comme il faut
se moquent à nouveau de lui :
– Regardez-le !
– Il est vraiment ridicule !

– Non, je ne suis pas ridicule ! dit Petit Zèbre.
Moi, je suis très élégant comme ça !
Vous, vous êtes tous pareils, et ce n'est pas drôle !
Mais, ne faites pas cette tête-là !
Venez plutôt courir avec moi dans la savane africaine.

Très loin, là-bas, dans la savane africaine,
un petit zèbre noir et blanc se promène
avec un petit zèbre blanc et noir.

Roule Galette

Natha Caputo, illustrations de Pierre Belvès

Dans une petite maison, tout près de la forêt, vivaient un vieux et une vieille.
Un jour, le vieux dit à la vieille :
– J'aimerais bien manger une galette...
– Je pourrais t'en faire une, répond la vieille, si seulement j'avais de la farine.
– On va bien en trouver un peu, dit le vieux : monte au grenier, balaie le plancher, tu trouveras sûrement des grains de blé.
– C'est une idée, dit la vieille, qui monte au grenier, balaie le plancher et ramasse les grains de blé.

Avec les grains de blé elle fait de la farine, avec la farine elle fait une galette, et puis elle met la galette cuire au four.
Et voilà la galette cuite.
– Elle est trop chaude ! crie le vieux. Il faut la mettre à refroidir !
Et la vieille pose la galette sur la fenêtre.

Au bout d'un moment, la galette commence à s'ennuyer.
Tout doucement, elle se laisse glisser du rebord de la fenêtre, tombe dans le jardin, et continue son chemin. Elle roule, elle roule toujours plus loin...

Et voilà qu'elle rencontre un lapin.
– Galette, galette, je vais te manger, crie le lapin.
– Non, dit la galette, écoute plutôt ma petite chanson.
Et le lapin dresse ses longues oreilles.

Je suis la galette, la galette,
Je suis faite avec le blé
ramassé dans le grenier.
On m'a mise à refroidir,
Mais j'ai mieux aimé courir !
Attrape-moi si tu peux !

Et elle se sauve si vite, si vite qu'elle disparaît dans la forêt.

Elle roule, elle roule dans le sentier...
et voilà qu'elle rencontre le loup gris.

– Galette, galette, je vais te manger, dit le loup.
– Non, non, dit la galette, écoute plutôt ma petite chanson.

Je suis la galette, la galette,
Je suis faite avec le blé
ramassé dans le grenier.
On m'a mise à refroidir,
Mais j'ai mieux aimé courir !
Attrape-moi si tu peux !

Et elle se sauve si vite, si vite que le loup ne peut la rattraper.

Elle court, elle court dans la forêt...
et voilà qu'elle rencontre un gros ours.
– Galette, galette, je vais te manger, grogne l'ours de sa grosse voix.
– Non, non, dit la galette, écoute plutôt ma chanson.

Je suis la galette, la galette,
Je suis faite avec le blé
ramassé dans le grenier.
On m'a mise à refroidir,
Mais j'ai mieux aimé courir !
Attrape-moi si tu peux !

Et elle se sauve si vite, si vite que l'ours ne peut la retenir.

Elle roule, elle roule encore plus loin...
et voilà qu'elle rencontre le renard.
– Bonjour, galette, dit le malin renard. Comme tu es ronde, comme tu es blonde !

La galette, toute fière, chante sa petite chanson et, pendant ce temps,
le renard se rapproche, se rapproche, et quand il est tout près, tout près... il demande :
– Qu'est-ce que tu chantes, galette ? Je suis vieux, je suis sourd, je voudrais bien t'entendre.
Qu'est-ce que tu chantes ?

Pour mieux se faire entendre,
la galette saute sur le nez du renard,
et de sa petite voix elle commence :

Je suis la galette, la galette,
Je suis faite avec le...

Mais, *Ham !*
Le renard l'avait mangée.

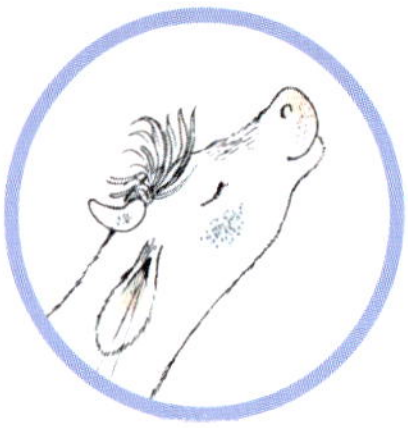

La Vache Amélie

Anne-Marie Chapouton, illustrations de Lucile Butel

La Vache Amélie n'aime pas gambader. Elle n'aime pas l'herbe sucrée des prés.
Elle n'aime pas donner son lait...
La Vache Amélie aime seulement regarder passer les trains, là-bas, au bout de la prairie...
Les trains qui s'en vont dans le soir, qui s'en vont loin, loin, loin...
« Ah ! comme je voudrais voyager ! » songe-t-elle en ruminant tristement.

Un soir, le train ralentit car le mécanicien pense à sa petite amie Jocelyne.
Alors, Amélie se dit :
– J'y vais !

Et elle saute dans un wagon.
Comme elle est lourde, elle fait une belle dégringolade sur le tas de bûches.
Puis, elle se laisse aller en regardant les nuages défiler.
Que c'est bon le vent frais entre les cornes d'une vache qui part à l'aventure !

La nuit est tombée...
Le train s'arrête dans une petite gare.
Alors, Amélie saute sur le quai,
et s'en va visiter la ville.

Les rues sont désertes. Amélie joue avec son ombre à la lueur des réverbères.
Elle valse de joie, elle fait des entrechats de vache.
Elle se voit dans les vitrines, et trouve qu'elle a l'air d'une vraie ballerine.
Dans le jardin public, elle fait de la balançoire.
Elle se roule dans le bac à sable un petit moment.

Mais un agent gardien de nuit l'aperçoit.
– Une vache ! Viens ici, sale bête !

Amélie s'enfuit. L'agent se met à siffler.
Alors, il sort des agents de partout, partout.

Pauvre Amélie ! On l'a capturée, et on l'emmène au zoo.
Elle meugle dans la nuit.
On a mis Amélie dans la cage de Falo, le bison d'Amérique.
Ils se racontent leur enfance et pleurent tous les deux.

Au petit matin, le gardien arrive. C'est l'heure de déjeuner.
Amélie et Falo regardent le gardien de leurs grands yeux tristes.
Ils le regardent très très longtemps…
Et, au bout d'un moment, le gardien soupire :
– Ça va. D'accord !
Et il leur ouvre la porte.

Amélie et Falo se sont enfuis très loin.
S'ils sont encore en vie aujourd'hui, vous les rencontrerez peut-être, sous un pommier ou au bord d'un étang, en train de se lécher le museau, car, bien sûr, ils s'aiment tendrement.

Le Grand-Cerf et le Lapin des Champs

Vassilissa, illustrations de Romain Simon

Un soir, le Grand-Cerf lit son journal tranquillement quand soudain :
boum, boum, boum ! Voici qu'on cogne très fort à sa porte.
Le cerf se lève pour voir qui arrive.
C'est un lapin des champs.
– Grand-Cerf, ouvre-moi, ou le chasseur va me tuer ! crie-t-il de toutes ses forces.

Le cerf ouvre, et le lapin entre d'un bond.
– J'allais justement dîner, dit le cerf. Tu dîneras avec moi.
Est-ce que tu aimes l'omelette au cerfeuil ?
– L'omelette, je ne sais pas : je n'en ai jamais mangé, dit le lapin.
Mais le cerfeuil, j'adore ça !

Ce n'est pas tout : il y a encore du chou rouge, du fromage blanc,
de la tarte aux mûres et du jus de raisin. Quel régal pour le lapin !
– Je me sens mieux maintenant, dit-il au cerf après la tarte. Mais comment te remercier ?
– En essuyant la vaisselle, par exemple, répond le cerf.
Et en faisant une partie de cartes avec moi :
il y a très longtemps que je n'ai pas joué aux cartes !

Ils se dépêchent de faire la vaisselle. Ils passent la soirée à jouer aux cartes. Le lapin gagne trois parties de bataille mais à la belote, c'est le cerf qui gagne tout le temps !
La pendule sonne neuf heures.
– Au lit maintenant, dit le cerf.
Et il range les cartes.

Le lapin aurait préféré jouer encore un peu. Pourtant, il fait sa toilette soigneusement, sans oublier les oreilles ni les pattes.
– Bonne nuit ! dit le Grand-Cerf en bordant le lit du lapin.
– Bonne nuit ! répond le lapin d'une toute petite voix.

C'est la première fois qu'il dort tout seul, et il a un peu peur.
Le cerf s'endort très vite... mais pas le lapin qui pense encore au chasseur, et n'ose pas souffler la bougie.
Il s'ennuie.
Il se lève, et va chercher le paquet de cartes.
Mais c'est très difficile de jouer tout seul aux cartes ! Il finit par s'endormir, sans le vouloir, les cartes étalées sur le lit.
Il est déjà tard, pas loin de dix heures peut-être.

Il fait grand jour quand le lapin s'éveille.
Vite, il range sa chambre.
En ouvrant la fenêtre, il voit le Grand-Cerf qui rentre de sa promenade matinale.
– Bonjour ! dit le Grand-Cerf.
Beau temps pour la saison !
Que prendras-tu pour le petit déjeuner ?
Du café au lait ou du jus de carottes ?
– Du café au lait, pour changer un peu, décide le lapin.

Avec le café au lait, le Grand-Cerf a préparé aussi des œufs à la coque et du gruyère, du pain frais et du pain grillé, du beurre et de la gelée de coings...
– Alors, as-tu bien dormi ? demande le cerf.
– Pas très bien, avoue le lapin. Je pensais au chasseur.
– Moi aussi j'ai pensé à lui, dit le cerf.
Regarde bien ce que nous allons faire.

Et le voilà qui s'installe à son bureau et se met à peindre sur une planche !
Le lapin se tait pour ne pas le déranger.
Le Grand-Cerf, dans son atelier, cloue la planche sur un bâton.
– Voici un écriteau, dit-il au lapin. Nous allons le planter à l'entrée de la forêt. Tu viens ?
– Oui, dit le lapin qui ne comprend pas encore très bien.
Mais il n'ose pas poser de questions...
Le lapin et le cerf se mettent en route à travers le bois.
– Tiens, encore un écriteau ! dit l'écureuil.
– Qu'a bien pu écrire le Grand-Cerf ? demandent les bécasses.

Mais personne ne peut répondre,
car personne ne sait lire.
– Suivons-les ! décident les musaraignes.
– Moi, je vais voir, dit le hérisson au faisan.
Tu m'accompagnes ?

– Et voilà ! dit le Grand-Cerf quand l'écriteau est planté.
C'est le chasseur qui va être étonné quand il lira cela !
Écoutez plutôt !
Et il lit l'écriteau à haute voix :
– Chasse au lapin interdite dans la forêt
sous peine de poursuites.
– Et les poursuites, c'est moi qui m'en charge,
comme d'habitude, dit le sanglier qui vient d'arriver.
– *Tra la la*, chante le Lapin des Champs,
plus de chasseur ! Fini d'avoir peur !

Et, depuis ce jour-là, le Lapin des Champs
habite dans les bois.

Une histoire de singe

May d'Alençon, illustrations de Kersti Chaplet

Dans les grands arbres de la forêt sauvage habite toute la famille des singes : les grands-pères, les grands-mères, le père, la mère, les frères, les sœurs, les oncles, les tantes, les cousins, les cousines… et Petit-Singe. Il est si petit que personne ne fait attention à lui.

Pas très loin, il y a le fleuve calme et lent. Petit-Singe a bien envie d'y aller. Il descend de son arbre. En trois bonds, ***hop ! hop ! hop !*** il est près du fleuve. Vite, il grimpe tout en haut d'un cocotier, et saisit la plus belle des noix de coco. Comme elle est grosse ! Comme elle est lourde ! Et comme l'arbre penche au-dessus de l'eau ! La noix de coco glisse des mains de Petit-Singe. Oh ! il en perd l'équilibre…

Plouf !
dans le fleuve,
noix de coco et Petit-Singe.

C'est là qu'habite Croco-poco-toc-minoc, le plus grand des crocodiles.
– Tiens, voici un bon repas ! dit-il.
– Non, Monsieur le crocodile, vous vous trompez, dit Petit-Singe en tremblant, c'est seulement un tout petit repas. Je suis si maigre, mes petits os vous piqueraient la gorge. Ce qu'il vous faut pour déjeuner, c'est un buffle bien gras.
– Un buffle bien gras ? Où est-il, celui-là ?
– Tout près d'ici, mais il faut m'aider à le tirer jusqu'à vous.
– Comment ça ?

– Prenez cette liane solide,
et tenez-la bien fort.
À l'autre bout, j'attacherai le buffle.
– Bonne idée, dit le crocodile.

Et il serre fort la liane.

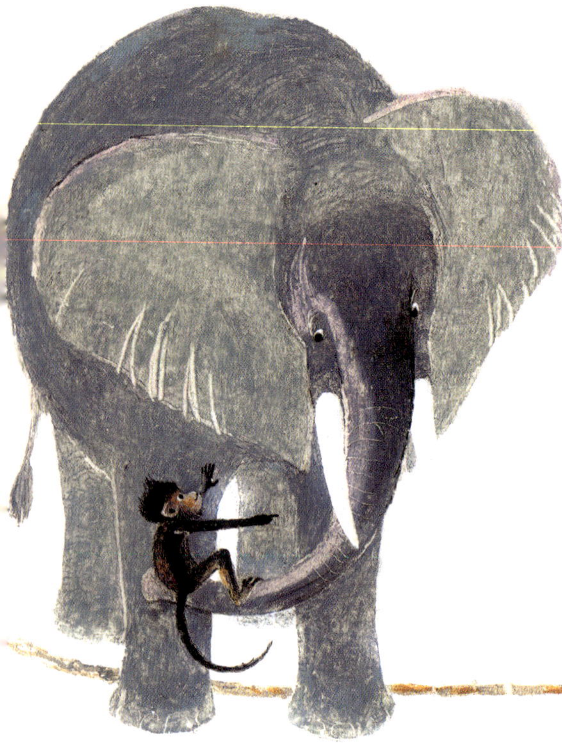

Petit-Singe, mine de rien, suit la liane.
Enfin la forêt ! Mais, entre les arbres…
qui s'approche ?
C'est l'éléphant ; il demande :
– Que t'est-il arrivé, Petit-Singe ?
Tu es tout mouillé et tu trembles.
– Le crocodile voulait me manger,
alors je l'ai attrapé avec cette liane.
– Un crocodile ? Toi, un tout petit singe
de rien du tout, tu as pris un crocodile ?
Tu me racontes une histoire !
– S'il vous plaît, Monsieur l'éléphant,
tirez sur cette liane, à l'autre bout
vous verrez un vrai crocodile !

L'éléphant est curieux.
Il enroule la liane autour de sa trompe,
et il tire… tire…
La liane se tend.

– Quel gros buffle ! pense le crocodile.
Et, lui aussi, il tire… tire…

Quand l'éléphant tire d'un côté,
le crocodile tire de l'autre.
Qui sera le plus fort ?
C'est l'éléphant !
Il traîne le crocodile hors de l'eau,
puis sur le sable et sur les pierres,
jusqu'à ce que… *crac !* la liane casse.
– Petit-Singe, tu m'as fait une farce,
dit le crocodile, la prochaine fois,
je te mangerai.

– C'était bien un vrai crocodile, dit l'éléphant. Allons, Petit-Singe, viens maintenant, je vais te ramener chez ta maman.

Petit-Singe, en arrivant chez lui, raconte comment il a attrapé le plus gros des crocodiles ; mais personne ne veut le croire.
– Je l'ai vu, moi, dit l'éléphant.

Alors, toute la famille, et aussi les amis, se mettent à rire, à rire de plus en plus fort.
Ils font une fête pour Petit-Singe, le plus petit des singes.
Ils vont chercher des noix de coco et aussi des bananes qu'ils mangent tous ensemble.
Quel festin! Même l'éléphant a sa part.

Puis, le soir, en se couchant dans les bras de sa maman, Petit-Singe lui dit :
– Tu sais, Maman ! j'ai inventé un buffle pour ne pas être mangé par le crocodile.

La maman sourit.
Elle le berce pour qu'il s'endorme.

La Grande Panthère Noire

Paul François, illustrations de Lucile Butel

La Grande Panthère Noire a une faim terrible.
Elle sort de la jungle pour chasser.
Elle rencontre un lapin : elle le mange.
Elle rencontre un petit cochon : elle le mange.
Elle rencontre une vieille chèvre : elle la mange.
Elle rencontre une grande vache : elle la mange.

Alors là, ça ne va plus ! Les braves villageois ne sont pas contents.
(Ce sont des hindous de l'Inde). Ils prennent leurs fusils,
et ils partent à la recherche de la Grande Panthère Noire,
en entonnant leur chant de guerre pour se donner du courage.
Les jeunes gars du village marchent devant.

Le vieux chef marche derrière.
Il découvre bientôt la piste de la Panthère en suivant les traces de ses grosses pattes noires sur le sable.
Le vieux chef a épaulé son fusil...
Pan-Pan ! Il a tiré au hasard.
Manquée la Panthère Noire !
Mais où est-elle donc ?

Les jeunes gars du village se retournent au bruit, et que voient-ils juste derrière le vieux chef ? La Grande Panthère Noire qui renifle et qui fait « *Miam Miam* » en ouvrant une gueule comme ça.

Alors le plus brave des chasseurs se sauve à toutes jambes et les autres le suivent... en tirant des coups de fusil à tort et à travers.
La Grande Panthère Noire, qui n'aime pas beaucoup le bruit du fusil, se sauve aussi...

Les braves villageois ne vont pas bien loin, car ils ont très envie de la belle fourrure noire de la Grande Panthère Noire. Ils font un feu et se reposent avant de repartir.

Et puis la chasse continue.
La Grande Panthère Noire fait le tour d'un petit bois de figuiers banians pour surprendre les braves chasseurs, mais les braves chasseurs courent derrière elle. Quand les chasseurs sont d'un côté du bois, la Grande Panthère Noire... est de l'autre côté ! Si bien qu'ils tournent autour du petit bois de figuiers banians un jour, une nuit, une semaine, des mois...
Tout de même, au bout d'un an, la Grande Panthère Noire se dit :
« Il faut en finir, j'ai maigri de 100 livres à force de tourner en rond sans rien manger ! Si ça continue, les chasseurs auront ma peau sans tirer un coup de fusil. »

Alors, au trot, la voilà partie tout droit vers le Nord !
Les braves chasseurs courent toujours derrière elle, en suivant les traces de ses grosses pattes noires.
La Grande Panthère Noire franchit l'Himalaya, le Tibet, la Mongolie, la Muraille de Chine et la Sibérie. Et les braves chasseurs franchissent, eux aussi, l'Himalaya, le Tibet, la Mongolie, la Muraille de Chine et la Sibérie.
Enfin, la Grande Panthère Noire arrive sur une banquise. Elle rencontre un ours blanc, un phoque gris, un hareng, elle les mange.
Les braves chasseurs la suivent toujours.
Mais voici que la neige se met à tomber à gros flocons.
La Grande Panthère Noire devient toute blanche, et comme elle est toute blanche sur la neige blanche, les chasseurs ne peuvent plus la voir :
Pfft... plus de Panthère !

Les pauvres chasseurs sont bien étonnés ; tête basse, et très tristes, ils rentrent chez eux...
En arrivant, ils apprennent que la Grande Panthère Noire est déjà revenue, et qu'elle a mangé : un lapin, un petit cochon, une vieille chèvre...
Alors là, ça ne va plus ! Mais alors plus du tout, du tout, du tout !

Les villageois ne sont pas contents.
Ils prennent leurs fusils, et ils partent à la recherche de la Grande Panthère Noire, en entonnant leur chant de guerre pour se donner du courage.

La Vache Orange

Nathan Hale, illustrations de Lucile Butel

Un jour, la Vache Orange de Monsieur Leblanc sauta par-dessus la barrière.
La voilà partie sur la route.
Un renard gris, qui passait par là, lui dit :
– Comment ça va-t-il aujourd'hui ?
La Vache s'assit et répondit :
– *Meu... meu...* je suis bien malade...
Alors le bon Renard prit la Vache sur son dos, l'emporta chez lui...
et la mit au lit.

Quand elle fut au lit, le Renard lui demanda :
– Est-ce que tu as de la fièvre ?
– Je ne sais pas, répondit la Vache.
As-tu un thermomètre ?

Le Renard mit un biberon dans la bouche de la Vache, et lui dit :
– Ne mords pas, surtout !

Mais cela ne servit à rien, parce que c'est très, très difficile de prendre la température d'une vache... avec un biberon.

Le Renard tâta le nez de la Vache...
Quand un chien a le nez très chaud, c'est qu'il est malade.
Le Renard eut vraiment peur...
La Vache avait le nez rouge et brûlant !
« Non, non, pensa-t-il, les vaches ne doivent pas avoir le nez si chaud que ça. »

Le Renard dit :
– Montre-moi ta langue.

La Vache tira la langue...
Elle était longue et très verte.
– Oh ! là, là ! s'écria le Renard,
tu as mangé beaucoup trop d'herbe !
Il faut changer un peu.

Il courut à l'armoire à pharmacie,
mais il n'y trouva rien...
rien que des savonnettes
et de la pâte dentifrice et...
une bouillotte qu'il remplit d'eau chaude.

Le bon Renard essaya de réchauffer
les pieds de la Vache avec la bouillotte.
Mais c'est très, très difficile,
les vaches ont tant de pieds !

La Vache remercia le Renard
et lui demanda :
– Est-ce que tu n'as pas faim ?
– Non, répondit le Renard.
Et la Vache, après un instant, dit :
– Mais moi, j'ai faim...

La Vache n'était pas sage du tout !
Dès que le Renard fut parti,
elle se leva et mangea sa paillasse !
Alors, ça, ça mit le Renard en colère,
et il lui dit :
– Si tu ne te conduis pas mieux,
tu n'auras rien pour dîner !

Et la pauvre Vache se mit à pleurer.
– *Meu... eu... Meu... eu...*
Pourtant, il y avait pour le dîner de la saucisse et des mûres, et aussi un peu de champagne.
La Vache n'en avait jamais bu, et voilà que ça lui pique le nez, et qu'elle éternue,
et qu'elle éternue !

– Dors bien, maintenant, dit le Renard.
Et il embrassa la Vache sur les deux joues.
– Bonne nuit, répondit la Vache
de sa belle voix grave.
Et elle s'endormit.

Au milieu de la nuit,
la Vache fit un terrible cauchemar...
Elle rêva qu'elle était assise sur les rails
du chemin de fer...
Un train arrivait... un autorail...
il passait le tournant... elle le voyait...
– *Meu... eu... eu...* au secours !
meugla la Vache.

Le Renard se précipita dans la chambre.
– Qu'est-ce qu'il y a ?
– *Meu... eu... eu...* criait la Vache,
il y a un autorail juste au tournant !

Et les voilà qui se cachent tous les deux sous le lit !
Ce ne fut pas sans peine que le Renard décida la Vache à se recoucher.
Il fallut allumer une bougie et la placer près de son lit
pour qu'elle n'ait plus peur !

Le lendemain, quand la Vache s'éveilla,
elle ne se rappela pas où elle était.
Le Renard, qui entrait dans la chambre,
lui demanda comment elle allait.
– Mieux, merci, répondit-elle.
– Bon, dit le Renard.
Et il lui laissa de l'eau chaude et du savon
pour se laver la figure.

Ensuite, le Renard apporta un bon
déjeuner pour la Vache : du jus d'orange,
du pain beurré et une grande tasse
de chocolat bien chaud.
Quand la Vache eut fini de déjeuner,
le Renard lui dit :
– N'oublie pas de te laver les dents.
Et il emporta le plateau.

Aussitôt levée, elle se lava les dents, se brossa les poils, se lissa les cornes et descendit retrouver le Renard qui était dans la cuisine.

Il était en train de parcourir le journal. Tout à coup, il vit une grande annonce :
« Belle récompense à qui ramènera...
UNE VACHE ORANGE égarée. »
– Est-ce que tu te sens assez bien pour retourner chez toi à pied ? demanda le Renard.
– Oh ! oui, dit la Vache.

Et les voilà partis tous les deux.

Quand Monsieur Leblanc vit sa Vache Orange entrer dans la cour, c'est lui qui fut content ! Il donna au Renard une belle récompense... cinquante sous et trois gros bonbons, et à la Vache un excellent dîner de trèfle et de froment.

Le Cheval Bleu

Nathan Hale, illustrations de Lucile Butel

Comment ! Vous ne connaissez pas le Cheval Bleu ?
Mais voyons : c'est le dada chéri de Monsieur Leblanc !
Maintenant qu'il est trop vieux pour travailler,
on lui permet de faire tout ce qu'il veut dans la ferme.

Un jour, Monsieur Leblanc emmena toute sa famille à la ville,
dans sa magnifique voiture neuve.
Le Cheval Bleu se sentit tout abandonné.
Il alla dans l'écurie et regarda tristement par la fenêtre.

Monsieur Leblanc disait toujours que son cheval était le plus intelligent du canton.
Et c'était vrai. Le Cheval Bleu se mit à réfléchir profondément.
Puis, tout à coup, il s'écria :
– J'ai une idée ! Moi aussi, je vais aller à la ville !

Et alors ?
Et alors, le Cheval Bleu entra dans la grange et enfila la salopette de Monsieur Leblanc : il faut bien s'habiller quand on va à la ville... et se chausser, n'est-ce pas ? On ne peut pas se promener pieds nus dans les rues !
Il chaussa donc les vieilles bottes de Monsieur Leblanc. *Hop* et *hop !*
Il n'y a pas à dire : rien n'est plus élégant que des bottes de cavalerie.

Madame Leblanc aurait-elle laissé partir Monsieur Leblanc sans rien sur la tête ?
Non ! voilà pourquoi le Cheval Bleu coiffa la sienne d'un chapeau de paille.
Ça ne lui allait pas tout à fait bien, parce que... parce que ses oreilles n'étaient pas à la même place que celles de Monsieur Leblanc.

Quand le Cheval Bleu fut prêt,
il alla dans le clos à côté du hangar.
– Mon Dieu ! s'écria la Vache Orange,
où vas-tu comme ça, si bien habillé ?
– À la ville, ma chère !
– Oh ! est-ce que je peux aller avec toi ?
– Dans cette tenue ? Tu n'es pas
présentable, dit le Cheval.
– Attends un peu, cria la Vache.

Elle se précipita dans la cour et décrocha de la corde à linge la robe verte
de Madame Leblanc. Elle lui allait à merveille, car Madame Leblanc...
n'était pas très mince.
– Me voici, dit la Vache Orange, accourant à toute vitesse.
– C'est très joli, dit le Cheval. Mais que vont dire les voisins s'ils te voient partir
pour la ville, sans chapeau ?
– Oh ! mes aïeux ! mugit la Vache.
Et elle disparut de nouveau.
Elle revint aussitôt avec un chapeau noir
et un parapluie mauve.
– Parfait ! s'écria le Cheval, partons !

– Oh ! oh ! s'exclama la Vache, c'est trop fatigant d'aller à pied.
Si tu mettais la vieille auto en marche ?
– *Hon-hon*... fit le Cheval, en voyant qu'il y avait de l'essence dans le réservoir.
– Tu ferais bien de vérifier le niveau de l'eau, dit la Vache.
Le Cheval remplit le radiateur, puis monta sur le siège, et appuya sur les boutons.
Pop-pop-pop ! fit le moteur.
– Il va partir ! cria la Vache.
Pop-pop, broooum, broooum... Et la vieille auto démarra.
– C'est tout de même mieux que d'aller à pied, n'est-ce pas ? demanda la Vache.
Le Cheval, absorbé par le volant, se contenta de hocher la tête.

– As-tu une liste ? demanda la Vache,
on ne va pas en ville sans une liste
de commissions.
Le Cheval arrêta la voiture et descendit
pour chercher dans ses poches.
Mais il ne trouva rien, sauf une lettre
que Madame Leblanc avait confiée
à Monsieur Leblanc pour la mettre
à la poste l'année d'avant,
une clé anglaise pleine de graisse
et un porte-monnaie usé plein d'argent.

– Nous voici au marché, meugla la Vache en sautant sur le trottoir.
Ils firent le tour des étalages, ils achetèrent tout ce qui leur plut...
Puis ils se promenèrent le long des rues.
– Oh ! oh ! s'écria la Vache en s'arrêtant devant une vitrine, regarde cette belle cloche en argent. Il me la faut absolument ! Ma vieille cloche de bronze fait si ordinaire...
Elle entra tout droit dans la boutique et acheta la cloche, tandis que le Cheval mettait à la poste la lettre de Madame Leblanc.
– Et maintenant, veux-tu me faire plaisir ? demanda la Vache Orange au Cheval Bleu.
– Comment ? dit le Cheval.
– En te faisant couper les cheveux... répondit la Vache.

Quand le Cheval fut bien peigné et bien brossé, ils allèrent déjeuner au restaurant.
– Mes aïeux ! soupira la Vache au bout d'un moment, c'est terriblement difficile de manger des spaghettis avec une cuillère...
– Oh ! ma chère, ce que je peux avoir faim ! lança le Cheval qui venait d'avaler une douzaine de crêpes.

« *Ding-dong, ding-dong, ding-dong* », sonna la grosse horloge du clocher.
– Quatre heures ! s'écria la Vache. Dépêchons-nous, je vais être en retard pour la traite !

En arrivant près de la vieille auto, ils s'aperçurent qu'elle avait un pneu dégonflé.
Le Cheval démonta la roue.
– Il n'y a pas de pompe, dit la Vache.
– Passe-moi la chambre à air, je parie que je vais la gonfler, dit le Cheval.
Et il se mit à souffler très fort.
– Assez, assez ! beugla la Vache, tu vas la faire éclater ! Remets tout en place et partons.
Sur la route de la ferme, la Vache s'écria tout à coup :
– Regarde ! les voilà !
Monsieur, Madame Leblanc et les petits Leblanc se tenaient, tout penauds, autour de leur voiture neuve, car, pour rouler, les voitures neuves ont besoin d'essence, elles aussi !
– Voulez-vous un coup de main ? demanda le Cheval Bleu.
Mais Monsieur Leblanc fut tellement surpris de voir son Cheval Bleu et sa Vache Orange dans sa vieille auto qu'il ne put même pas dire : « oui ».
Alors, le Cheval Bleu prit une grosse corde dans le coffre de la vieille auto et attacha, bien fort, les deux voitures ensemble.
Pendant qu'il remorquait la belle voiture neuve, le Cheval Bleu dit en clignant de l'oeil :
– Qui prétendait que j'étais trop vieux pour travailler ?

Quand ils arrivèrent à la ferme, tout le monde descendit de voiture, excepté Madame Leblanc qui cherchait son sac à provisions.
– Il n'est pas là, dit Monsieur Leblanc, où diable l'avons-nous oublié ?
– Ne vous tourmentez pas, dit le Cheval Bleu, regardez ce que nous avons acheté au marché.
La Vache Orange et le Cheval Bleu sortirent de leurs paniers : un sac de farine, une douzaine d'oranges, une botte d'oignons, un tube de pâte dentifrice, une livre de petits clous, une poupée en caoutchouc pour Annie, un ballon pour Félix, trois biberons pour Bébé... et un chapeau rouge pour Madame Leblanc.
Alors, Monsieur Leblanc se tourna vers Madame Leblanc :
– N'ai-je pas toujours dit que mon Cheval Bleu était le plus intelligent du canton ?
Je devrais dire : du département, et même... de la Terre !

La plume du caneton

Colette Sébille, illustrations de Romain Simon

– Oh ! là, là ! Oh ! là, là ! J'ai perdu la plus belle ! C'était la plus belle, pleure le petit canard dans un coin du poulailler. Pardon, Madame l'Oie, je vous prie de bien vouloir m'excuser, n'avez-vous pas vu une plume ? J'ai perdu une plume, c'était la plus belle.
– Ma foi non, je n'ai pas vu de plume. Mais va donc demander au dindon, peut-être pourra-t-il te renseigner.

Monsieur le Dindon, bonjour ! N'avez-vous pas vu une plume, une belle plume jaune ? J'ai perdu ma plus belle plume.
– Non, mon petit, non je n'ai rien vu. Mais va voir la poule, peut-être pourra-t-elle t'aider.
– Pardon, Madame la Poule, n'avez-vous pas vu une plume ? C'est moi qui l'ai perdue, c'était la plus belle. Oh, comme je l'aimais cette plume !

– Je n'ai rien vu du tout, mon pauvre petit. Mais va donc voir le coq. Je serais bien étonnée qu'il ne sache rien. Tu sais comment il est : il veut se tenir au courant de tout. Petit Canard n'a même pas le temps de parler.
– Ah ! Bonjour, mon petit, dit le coq, tu viens me voir ? Tu veux m'entendre chanter, n'est-ce pas ? Ah, le gentil petit ! Ne sois pas si timide, tu vas l'avoir ta chanson !
– Non, non, Monsieur le Coq, dit tout doucement le petit canard, je ne veux pas de chanson, je veux...
– Comment ? Tu ne veux pas de chanson ! Jamais je n'ai entendu une chose pareille ! Comment oses-tu me dire cela ? À moi dont le chant est le plus beau ! Écoute :
« *Cocorico ! Cocorico ! Cocorico !* »

Dans le poulailler, chacun regarde son voisin avec l'air de dire :
« N'est-il pas malade notre coq ? »
– C'est vraiment très joli, Monsieur le Coq, dit le petit canard, lorsque le coq se tait enfin. Mais je suis venu vous demander... N'avez-vous pas vu une plume, s'il vous plaît ? J'ai perdu une plume.

– Une plume ? Bien sûr que j'ai trouvé une plume !
Très jolie plume, ma foi ! Je l'ai plantée dans ma queue, et elle me va très bien.
– Ah ! Vous avez trouvé ma plume ! Quel bonheur !
Voulez-vous me la rendre, s'il vous plaît ?
– Comment ça, te la rendre ? Je l'ai trouvée, elle est à moi.
– Oh ! Monsieur le Coq, c'est ma plume !
– Rien à faire ! Il ne fallait pas la perdre ! C'est tant pis pour toi !

Et le coq s'éloigne.

« J'ai une idée », se dit le petit canard.
Il court chercher son frère, et lui raconte très vite et très bas toute l'histoire.
Petit Canard et son frère retournent voir le coq.
– Monsieur le Coq, bonjour ! dit le frère du petit canard.
Voulez-vous avoir la grande amabilité de chanter pour moi ?
Cela me ferait tant plaisir !
– Enfin! Voilà un canard qui sait apprécier les belles choses. Je te félicite, et je vais chanter pour toi ! Ah, mais je vois que tu as rappelé ton frère à la raison !
Toi aussi, maintenant, tu veux entendre une de mes chansons !
N'est-ce pas, Petit Canard ?

– Oh oui ! ment le petit canard.
– Bien. Alors, écoutez !
Et le coq se gonfle bien droit sur ses pattes.
La gorge rebondie et la tête fièrement levée, il commence :
« *Cocorico ! Cocorico ! Cocorico !* »

Pendant ce temps, le petit canard court
vite derrière le coq, saisit sa plume, et...
s'en va à toutes pattes.
– Que se passe-t-il ? Qui a touché
à ma queue ? Qui a osé toucher
à mes plumes ? crie le coq furieux.

Mais il n'y a plus personne pour lui répondre !

Dans le fond du poulailler,
l'autre petit canard aide son frère
à replacer sa plume.
Le coq continue de crier, fou de rage :
– Qui a osé ? Qui a osé ?
Et l'oie et le dindon et les poules
et les poussins et les canetons
baissent la tête pour qu'il ne les voie pas
se moquer de lui.

Poulerousse

Lida, illustrations d'Étienne Morel

Près du bois, il y a un jardin.
Dans ce jardin, il y a une maison : c'est la maison de Poulerousse.
Dans la cuisine et dans la chambre, tout est propre et bien rangé.
Poulerousse est une bonne ménagère : pas un grain de poussière sur les meubles, des fleurs dans les vases, et aux fenêtres de jolis rideaux bien repassés.
C'est un plaisir d'aller chez elle.

Son amie la tourterelle vient la voir tous les jours.
Toc, toc, toc… Elle frappe doucement à la porte.
Les deux amies s'embrassent. Ce sont des ***cot, cot, cot, cot*** et des ***oucourou, oucourou*** à n'en plus finir.
Elles ont beaucoup de choses à se dire.
Elles s'assoient l'une en face de l'autre.
Elles boivent un tout petit verre de vin sucré, croquent des gâteaux secs. Elles chantent et jouent aux dominos, ou bien… elles travaillent en bavardant.

La tourterelle tricote.
Poulerousse aime mieux coudre ou raccommoder.
Du reste, elle a toujours dans sa poche une aiguille tout enfilée, un dé et des ciseaux.
Et elle est toujours prête à rendre service aux uns ou aux autres, en raccommodant un accroc ici ou là.

Aussi tout le monde dit du bien d'elle.
Et le renard, qui dresse ses oreilles pointues à tous les vents, entend un jour :

– Quelle bonne petite poule, cette Poulerousse ! Et comme elle est belle et grassouillette ! toute grassouillette !...

« Grassouillette... se dit le renard.
Oh ! aïe ! aïe ! toute grassouillette ! »

L'eau lui vient à la bouche, et il court tout droit chez lui.
Il entre en dansant et en chantant :

Grassouillette ! grassouillette !
elle est toute grassouillette !

– Mais que t'arrive-t-il donc ? demande la renarde. Tu es fou !

– *Tra la la !* Il y a une poule rousse près du bois. Une poule comme il faut, et grasse à point. Je vais l'attraper. Et tout de suite. Vite, donne-moi un sac. Prépare la marmite. Fais bouillir de l'eau. Nous allons la faire cuire et la manger, cette poule rousse !

– Quel renard tu es ! Quel amour de renard ! s'écrie la renarde toute joyeuse.

Et elle lui tend le sac.

Le renard file comme le vent.
Il voit la maison de Poulerousse,
s'approche doucement,
se cache derrière un arbre.
Au même moment, la porte s'ouvre.
– *Cot, cot, cot,* au revoir,
chère Tourterelle, à demain.
– À demain, ma Poulerousse. Au revoir !

La tourterelle s'envole.
Poulerousse va chercher du bois au bûcher.
Alors, ***houp !*** Le renard saute dans la cuisine
sans faire de bruit et se cache derrière la porte.
Poulerousse prend du bois et rentre tranquillement
dans sa maison. Mais, ***ha !***
Le renard l'attrape et la fourre dans son sac,
si vite que Poulerousse n'a pas le temps d'ouvrir le bec.
– Je te tiens, je te tiens, ma belle !

Le renard noue le sac, le jette sur son épaule
et s'en va en sifflant. Poulerousse est tout étourdie.
Elle étouffe, elle se débat dans le sac
et lance un *cot, cot* plein d'effroi.
Mais… qui l'entendra ?

Qui l'entendra ? La tourterelle...
Elle est là tout près, sur une branche de pommier. Elle comprend que le renard emporte Poulerousse pour la manger.
Son cœur bat très fort, ses ailes tremblent, elle a du mal à les ouvrir.
Enfin, elle s'envole, pousse un petit cri et se pose à quelques pas du renard.
Elle volette et sautille en traînant l'aile, comme si elle était blessée.

– Une tourterelle blessée ! quelle chance !
Attends, ma petite. Il y a encore une place pour toi dans la marmite !

Le renard pose le sac par terre et court après la tourterelle.
Il croit l'attraper...
Hop ! elle saute et se pose quelques pas plus loin. *Hop ! hop !*
Et, tout en sautillant, elle chante :
Oucourou, oucourou. Cela veut dire :
« Courage, Poulerousse, sauve-toi ! »

Vite, vite, Poulerousse prend ses ciseaux dans sa poche. *Crac, crac,* elle coupe la toile, et *pfutt !* la voilà libre.
Puis elle pousse une grosse pierre dans le sac et le recoud en un clin d'œil, remet dans sa poche son aiguille tout enfilée, son dé, ses ciseaux, et court, court, court vers sa maison.

Le renard court aussi. Il est très loin, tout essoufflé :
– Nom d'un rat ! Il faut que je l'attrape, cette sale bête !
Là, cette fois, ça y est ! *Ouap !* Rien !
La tourterelle s'envole juste assez haut
pour voir Poulerousse entrer dans sa maison.
Alors, rassurée, elle s'envole pour de bon, haut, très haut.
Le renard reste bouche bée, et, furieux, revient
vers le sac, qu'il remet sur son épaule en grognant :
– Au moins, celle qui est là-dedans ne se sauvera pas !

Puis il rentre chez lui, bien fatigué.

Le couvert est mis et l'eau bout dans la marmite.
– L'as-tu attrapée ? demande la renarde
en se jetant à son cou.
– Si je l'ai attrapée ? Tiens ! Vois comme
elle est lourde !
La renarde soupèse le sac.
– *Hum !* quel déjeuner nous allons faire !

Ils s'approchent tous les deux de la marmite,
ouvrent le sac et le secouent au-dessus
de l'eau qui bout. La pierre tombe.
L'eau bouillante jaillit sur eux et les brûle
si fort qu'ils se sauvent en hurlant dans les bois.
Jamais ils ne sont revenus.

Et depuis ce jour, Poulerousse et la tourterelle
ne se quittent plus. Elles vivent ensemble
dans la petite maison de Poulerousse.
Elles sont très heureuses.

Le chaton désobéissant

Robert Giraud, illustrations de Vanessa Gautier

La chatte de la ferme avait un chaton, très gentil et très affectueux, mais qui ne connaissait encore rien à la vie.
Aussi sa maman lui expliqua bien qu'il ne devait pas sortir de la cour.
Tout autour s'étendait une immense forêt où aucun chat n'allait jamais, car on pouvait y rencontrer des bêtes terribles.

Un jour, le chaton vit le portail ouvert, et il eut très envie de se promener en liberté.
Il se rappela que sa maman le lui avait interdit.
Mais il se dit qu'il ferait juste un petit tour, et qu'il reviendrait bien vite.

Le chaton fit un pas, puis deux, puis trois dans la grande prairie.
Il se régala à courir dans l'herbe tendre qui lui caressait le poil, à gambader après les papillons qui voletaient de-ci de-là.
Mais, sans s'en apercevoir, il s'éloignait de plus en plus de la ferme.

Il courait après un beau papillon tout doré, quand, tout à coup, il se retrouva dans l'ombre épaisse de la grande forêt. Le chaton se retourna et ne vit plus la clôture ni le portail de la ferme. Le chaton se blottit au pied d'un arbre et se mit à sangloter en répétant :
– Je me suis perdu ! Je me suis perdu !

Un jeune lapin qui passait par là s'approcha et lui demanda :
– Pourquoi pleures-tu ? Où sont tes parents ? Qui es-tu ?
– Je ne sais pas, fit le chaton tout penaud.
– Est-ce que tu cours vite ? demanda le lapin. Est-ce que tu sautes haut ?
– Oh oui ! fit le chaton.
– Alors, c'est que tu es un lapin comme moi !
Attends-moi, je reviens tout de suite.

Le lapereau courut prévenir ses parents.
– Papa, Maman, j'ai trouvé un petit lapin perdu et affamé !
Son père lui donna une feuille de salade qu'il rapporta aussitôt au chaton.
– Tiens, mon père m'a donné ça pour toi.
Le chaton croqua dedans et la recracha.
– *Beurk !* C'est quoi, cette saleté ? dit le chaton dégoûté.

La maman du lapereau, qui arrivait juste à cet instant, examina le chaton.
– Mais tu n'es pas un lapin ! s'écria-t-elle. Tu as de toutes petites oreilles et une longue queue, comme celle des... Attends, attends, attends !
Dis-moi, sais-tu grimper aux arbres ?
– Oh oui ! fit le chaton.
– C'est bien ce que je pensais : tu dois être un écureuil.
Ne t'inquiète pas, on va s'occuper de toi.

La maman lapin appela les écureuils qui habitaient à deux pas dans le tronc du grand chêne.
– Eh, vous, là-haut ! Faites quelque chose ! Nous avons trouvé un jeune écureuil qui meurt de faim !
Aussitôt, les écureuils lui jetèrent une noisette.
Le chaton mordit dedans et fit la grimace :
– C'est trop dur, je vais me casser les dents !

Le papa écureuil descendit alors et, au premier coup d'œil qu'il jeta au chaton, il s'exclama :
– Tu n'es pas un écureuil, toi ! Ton poil n'est pas roux et ta queue pas assez touffue. Qui peux-tu bien être ? Ah, je vois ! Tout noir avec une bande blanche sur la tête, tu dois être un blaireau. Ne t'inquiète pas, on va s'occuper de toi.

Le papa écureuil se tourna vers un terrier qui s'ouvrait près des racines du chêne, et cria :
– Eh, voisin ! Il y a ici un petit blaireau qui a perdu ses parents.
Tu devrais t'en occuper !
Du fond de son terrier, le blaireau cria :
– Envoie-le-moi ! Je vais lui donner à manger.
Mais le chaton ne voulut rien savoir :
– Je ne veux pas descendre dans ce trou ! Il fait tout noir ! J'ai trop peur !

Le blaireau sortit la tête, et considéra le chaton avec étonnement.
– Mais tu n'es pas un blaireau ! dit-il. Ta queue est trop fine et ton museau n'est pas assez pointu ! Tu dois être… tu dois être…
Est-ce que tu manges des souris ?
– Bien sûr ! répondit le chaton.
– Alors tu dois être un hérisson.
Ne t'inquiète pas, on va s'occuper de toi.

Le blaireau fit signe à un jeune hérisson qui passait, une souris dans la gueule.
– Petit hérisson, fit-il, nous venons de trouver un cousin à toi qui meurt de faim. Occupe-toi de lui !
Le petit hérisson partagea aussitôt sa souris avec le chaton.
Puis il se serra contre son nouvel ami. Le chaton hurla de douleur :
– *Ouïe ! Aïe !* Ça me pique de partout !
Les parents hérissons accoururent au bruit.
– Qu'est-ce que c'est que cet animal ?
– Un petit hérisson perdu, répondit leur fils.
– Mais ce n'est pas un hérisson, garçon, lui dit son papa. Tu vois bien qu'il n'a pas de piquants. Je me demande quel animal cela peut bien être...

C'est alors que, dans les feuilles du grand chêne, une voix impatiente se fit entendre.
– Vous n'aurez pas bientôt fini de vous agiter ? D'abord ce sont les lapins, puis les écureuils, puis le blaireau et maintenant les hérissons s'y mettent aussi ! Plus moyen d'avoir la paix ! Qu'est-ce que vous avez tous aujourd'hui ?

C'était la pie qui en avait assez d'être dérangée.
Elle descendit de sa branche et vint se planter devant les animaux.
Les lapins, les écureuils, le blaireau et les hérissons se rangèrent en cercle autour du chaton.
– Eh bien ! voilà, firent tous les animaux en chœur, nous avons trouvé ce petit animal qui avait l'air abandonné. Il ne sait même pas qui il est, et nous, nous n'en avons jamais vu de semblable dans la forêt.

– *Pff*, fit la pie dédaigneuse. On voit que vous n'êtes jamais sortis d'ici !
Vous ne voyez pas plus loin que l'ombre de ce chêne !
C'est un chat, bien sûr ! Et pas bien grand, d'ailleurs !
Il doit venir de la ferme voisine.
Ne t'inquiète pas, petit, je vais te ramener chez toi.
Suis-moi ! dit-elle en s'envolant.

Et le chaton la suivit en sautillant au-dessous d'elle.
La maman chatte, folle d'inquiétude et ne sachant où chercher son petit, tournait en rond dans la cour. Dès qu'elle aperçut la pie accompagnée de son chaton, elle se précipita vers eux avec des cris de joie :
– Mon chaton ! Mon chaton, tu es retrouvé ! Merci la pie ! Tu es vraiment gentille !

La chatte fit mille câlins à son chaton et le lécha consciencieusement.
Pendant ce temps-là, la pie inspectait la cour du regard.
Elle ne vit nulle part les fermiers, et se dit qu'elle pouvait profiter de l'occasion.
Elle fila d'un coup d'ailes à la cuisine, vit un beau morceau de fromage sur la table, s'en empara et se sauva.
Le chaton, lui, dit à la chatte :
– Tu sais, Maman, tu avais raison : je n'aurais pas dû sortir de la cour.
Je te promets de toujours bien t'obéir.

Et c'est ce que fit le chaton… enfin…
presque toujours.

La plus mignonne des petites souris

Texte et illustrations d'Étienne Morel

Voici la maison de la famille Rongetout.
Voici la fille de Monsieur et Madame Rongetout :
la plus mignonne des petites souris.
Elle sait danser. Elle sait tricoter.
Elle sait faire des gâteaux. Elle sait jouer du piano.
– Il est temps de la marier, dit Madame Rongetout.
– Il est temps de la marier, dit Monsieur Rongetout.
Mais elle n'épousera que le plus puissant personnage
du monde, car c'est la plus mignonne des petites souris.
Et personne d'autre n'est digne d'elle.

Monsieur Rongetout décide de marier sa fille avec le soleil.
– C'est le plus puissant personnage du monde.
C'est lui qui chauffe la terre et mûrit les grains de blé.
Et les grains de blé sont si bons !

Monsieur Rongetout fait ses préparatifs de départ.
Il veut aller voir le soleil pour lui demander d'épouser sa fille,
la plus mignonne des petites souris.
Voyez la belle redingote.
Il s'installe d'abord dans un train.
Mais les trains ne peuvent pas aller jusqu'au soleil, n'est-ce pas ?
Alors il choisit un hélicoptère.
« Voilà tout à fait ce qu'il me faut », pense Monsieur Rongetout.

Et Monsieur Rongetout monte, monte, monte...
et il arrive au palais du soleil.

Le soleil vient de se lever ; il reçoit Monsieur Rongetout en robe de chambre.
– Voulez-vous épouser ma fille ? demande Monsieur Rongetout.
C'est la plus mignonne des petites souris, vous seul êtes digne d'elle,
puisque vous êtes le plus puissant personnage du monde.
– Tu te trompes, dit le soleil. Ce nuage qui passe là est plus puissant que moi,
puisque je ne peux pas l'empêcher de me cacher la terre.
– Alors, vous n'êtes pas celui qu'il faut à ma fille, dit Monsieur Rongetout.

Et il descend, descend, descend.
– Voulez-vous épouser ma fille ? demande Monsieur Rongetout au nuage.
C'est la plus mignonne des petites souris : vous seul êtes digne d'elle,
puisque vous êtes plus puissant que le soleil, qui est le plus puissant
personnage du monde. C'est lui-même qui vient de me le dire.

– Hélas ! le soleil s'est trompé, répond le nuage. Le vent qui souffle est plus puissant que moi, puisque je ne peux pas l'empêcher de m'emmener où il veut.
– Alors, vous n'êtes pas celui qu'il faut à ma fille, dit Monsieur Rongetout.
Je vais aller voir ce vent...

Et voici, sur une colline, le moulin du vent.
Quand ce moulin-là tourne ses ailes, quel courant d'air !
– Voulez-vous épouser ma fille? demande Monsieur Rongetout.
C'est la plus mignonne des petites souris : vous seul êtes digne d'elle, puisque vous êtes plus puissant que le nuage, qui est plus puissant que le soleil, qui est le plus puissant personnage du monde. C'est le nuage lui-même qui vient de me le dire.
– Hélas ! le nuage s'est trompé, répond le vent. Cette vieille tour que tu vois là-bas est plus puissante que moi, puisque, depuis des années, je souffle dessus sans avoir pu l'abattre.
– Alors, vous n'êtes pas celui qu'il faut à ma fille, dit Monsieur Rongetout.
Je vais aller voir cette tour...

Monsieur Rongetout est bien fatigué. Il va tout de même trouver la vieille tour.
– Voulez-vous épouser ma fille ? demande Monsieur Rongetout.
C'est la plus mignonne des petites souris : vous seule êtes digne d'elle, puisque vous êtes plus puissante que le vent, qui est plus puissant que le nuage, qui est plus puissant que le soleil, qui est le plus puissant personnage du monde.
C'est le vent lui-même qui vient de me le dire.
– Hélas ! le vent s'est trompé, répond la tour… Le souriceau qui ronge ma plus grosse poutre est plus puissant que moi, puisque, quand il aura fini de ronger, je m'effondrerai sûrement.

Alors Monsieur Rongetout va trouver le souriceau.
– Voulez-vous épouser ma fille ? demande Monsieur Rongetout.
C'est la plus mignonne des petites souris.
– Je connais depuis longtemps votre fille, répond le souriceau, c'est bien la plus mignonne des petites souris, et je serai très heureux de l'épouser.

Ainsi la plus mignonne des petites souris épouse le souriceau,
et ils sont bien contents tous les deux.
Et toutes les souris de la noce s'amusent beaucoup en se racontant
les aventures de Monsieur Rongetout.

Et Monsieur Rongetout est très satisfait puisque...
sa fille épouse celui qui est plus puissant que la tour,
qui est plus puissante que le vent,
qui est plus puissant que le nuage,
qui est plus puissant que le soleil.

Conte de la Marguerite

Texte et illustrations de Béatrice Appia

La Marguerite mit sa clé sous son paillasson et se dirigea vers le bout du champ.
Toutes les fleurs de la prairie lui crièrent à la fois :
– Marguerite, où vas-tu ?
Le vieux merle, qui chantait sur le pommier, se pencha en lui sifflant :
– Où vas-tu ?
Et le pierrot, la mésange, la tourterelle répétèrent en chœur :
– Où vas-tu ?
Au pré fleuri, à tous les arbres habités, la Marguerite répondit :
– Je veux savoir ce qu'est devenu le petit mouton qui m'a brouté deux feuilles.

Elle se mit à marcher sans plus regarder personne. Oiseaux et fleurs crièrent encore :
– Marguerite, tu es folle !
Mais elle ne les entendait pas.

Au bord du champ, Gloudouglou
le ruisseau lui barra le chemin.
– Hé ! Gloudouglou,
veux-tu me laisser passer ?

Gloudouglou était trop occupé pour l'entendre. Il courait de toutes ses forces à travers prés pour tomber en cascade sur la roue grincheuse du vieux moulin.
La Marguerite perdit l'équilibre, tomba et fut entraînée vers la chute d'eau dont le bruit l'effrayait.

La voyant dans cette position dangereuse, le lézard du moulin cria :
– Accrochez-vous à n'importe quoi !
Et il l'aida à se tirer de là.

Pendant que la pauvrette se séchait, son nouvel ami lui proposa de la conduire chez Père Ducorbeau, un vénérable savant qui donnait des conseils merveilleux et nichait au sommet d'un peuplier. La Marguerite avait le vertige.
Père Ducorbeau n'entendait que d'une oreille et fort mal.
L'autre s'était bouchée à force de dormir dessus depuis tantôt cent sept ans.
Mais il avait un cornet acoustique et, quand on criait bien fort, il finissait par comprendre.
– Père Ducorbeau, qu'est devenu le petit mouton
qui m'a brouté deux feuilles ?

Le vieux savant ne saisit pas tout de suite la question ;
il répéta longtemps :
– Mouton... deux feuilles...
Puis, après une profonde méditation, il dit :
– Je pense qu'il est devenu grand !
– Ah ! répliqua la Marguerite, mais où est-il ? Je voudrais tant le voir !
– Il est dans sa chemise de laine...

Et c'est tout ce que Lézard et Marguerite en purent tirer. Père Ducorbeau leur avait tourné le dos et jouait des castagnettes avec son gros bec crochu et tout sec.
Ils descendirent de leur perchoir.
La pauvre petite, tout étourdie, s'endormit sous un champignon, et Lézard retourna à son moulin.
À son réveil, Marguerite fit sa toilette sous un rocher d'où s'échappait une source claire, ornée de cresson et de fougères. Elle but de bonnes gorgées d'eau fraîche et se remit en route.

Chemin faisant, elle rencontra une grosse bête assise à l'ombre d'un arbre.
– Hé ! là ! est-ce vous, le mouton qui m'a brouté deux feuilles ? Vous avez bien grandi !
– Ah ! ah ! ah ! Un mouton ! Un mouton ! Voyez-vous cette marguerite qui prend un bœuf pour un mouton ! Même s'il est devenu grand, ton petit mouton, il est encore dix fois moins gros que moi ! Mais, voilà, a-t-il eu le temps de devenir grand ? Je crains bien que tu ne le retrouves jamais.
– Que voulez-vous dire ?
– Ils sont partis pour la montagne, lui et ses frères... À moins, soupira le bœuf, qu'ils ne soient partis chez le boucher...
– Et pour quoi faire ?
– Grande niaise ! Tu ne sais donc pas qu'ils seront mangés par les hommes ?
– Mangés ? Mais il faut les prévenir. Il faut les sauver ! J'y vais ! J'y cours ! Adieu !

C'est qu'elle l'aimait, son mouton ! Quand il lui avait brouté deux feuilles, il était si petit, tout blanc, encore tremblant sur ses pattes et bêlant après sa mère. Et pour l'encourager à brouter de l'herbe, la Marguerite lui avait offert ses deux feuilles.

La Marguerite se dirigea vers l'étable. Une araignée, pendue à sa toile, la rassura :
– Ils ne sont pas allés chez le boucher, ils sont partis pour la montagne, c'est la saison. Vois-tu, c'est par ici !
Marguerite se mit vaillamment en route.
Quelle fatigue de monter par ces chemins pierreux ! Que de cailloux, d'épines, sans parler du sol brûlant qui lui rôtissait les pieds !
La pauvrette avait soif et ne reconnaissait plus rien qui lui fût familier.
Elle se sentait une étrangère. Le parfum de fleurs inconnues lui donnait mal à la tête.
On la regardait, car personne, dans ce coin de montagne, n'avait vu marcher une marguerite.
– Où est mon mouton ? Par où sont-ils passés ? demandait-elle à chaque pas.
– Suivez les petits crottins, lui répondait-on.
Un bourdon voulut même l'embrasser, sous prétexte qu'elle avait de grosses bonnes joues.

Comme c'était haut une montagne !
Parfois, un petit bruit annonçait une source, et la Marguerite y courait étancher sa soif, s'y reposer, puis elle repartait.

Enfin, elle arriva à un herbage magnifique. L'herbe était fine comme des cheveux. Il y avait une foule de fleurs bleues, jaunes, rouges. Et cela sentait si bon, si fort, qu'elle se serait évanouie, sans le vent frais qui la ravigotait.
Au milieu de ce pâturage, paissant parmi ses frères, elle aperçut son cher mouton (elle le reconnut bien, car il avait une petite tache à l'oreille).
Marguerite courut vers lui.
– Mouton, hé ! Mon cher mouton, ne me reconnais-tu pas ?
Je suis la Marguerite qui t'a donné deux feuilles quand tu étais petit !

Le beau mouton était étonné et attendri.
– Je voulais te revoir. Mais, en voyageant, j'ai appris des choses terribles.
On te tuera à la boucherie, pour te manger. C'est le bœuf qui m'a prévenue !
Sauve-toi, sauve-toi vite !
– Je ne puis le croire, dit le mouton, je n'ai fait de mal à personne...
Me sauver ? Je périrais de chagrin sans mes frères ! Autant partager leur sort...

La nuit tombait.
– À demain, ma courageuse petite fleur, je dois rejoindre un peu plus loin mon troupeau.

La Marguerite s'étendit sur l'herbe douce. Elle aperçut le pré du ciel épanoui d'étoiles.
Elle n'avait jamais vu de fleurs si brillantes et s'endormit en les regardant.
Le jour revint. La Marguerite tapota sa jupe de feuilles, déplia sa collerette,
et se présenta à ses voisines de l'herbage.
Elle entendait tinter des clochettes, ***ding, dong, dang,***
et le troupeau s'éparpillait sur les pentes.
Mouton, bien éveillé, cherchait son amie. Enfin il la retrouva.
– Marguerite, j'ai une bonne nouvelle à t'apprendre, lui dit-il.
– Tu vas te sauver ?
– Regarde la belle clarine que le berger, ce matin, m'a mise autour du cou.
Il m'a dit que Grand-Père Bélier était trop vieux maintenant pour conduire
le troupeau, et il m'a choisi pour le remplacer. Sais-tu que le bélier est le plus beau
mouton du troupeau, et qu'on ne le tue jamais ?
– Quelle joie ! Moi aussi, je vais te dire quelque chose : je m'installe ici pour toujours
et j'élèverai sur l'alpage une nombreuse famille.

Et quand arriva l'automne, on vit sur le pré des touffes et des touffes de marguerites
qui serraient contre leur cœur des poignées de petites graines.

Le froid commença. Bientôt les moutons s'en retournèrent dans la plaine…
La neige vint recouvrir toutes les fleurs, toutes les plantes.
Les petites graines s'enfoncèrent bien profond dans la terre afin de préparer
pour l'année prochaine un beau tapis pour les moutons.

Michka

Marie Colmont, illustrations de Rojankovski

Michka s'en allait dans la neige en tapant des talons.
Il était parti de chez lui ce matin-là, comme le jour commençait de blanchir la fenêtre ; de chez lui, c'est-à-dire de la maison d'Élisabeth, sa jeune maîtresse, qui était une petite fille impérieuse et maussade.
Lui, c'était un petit ours. En peluche.
Avec le dessous des pattes en velours rose, deux boutons de bottine à la place des yeux, trois points de laine à la place du nez.

En se réveillant, il s'était senti tout triste et dégoûté.
Élisabeth n'était pas gentille ; il lui fallait vingt-cinq joujoux à la fois pour l'amuser et, quand on avait cessé de lui plaire, il n'était pas rare qu'elle vous secouât et vous jetât d'un bout à l'autre de la pièce ; tant pis s'il lui restait une de vos pattes dans la main.

– J'en ai assez d'être un jouet ici, grognait Michka en se frottant les yeux de ses poings. Je suis un ours, après tout ! Je veux aller me promener tout seul et faire un peu ce qui me plaît, sans obéir aux caprices d'une méchante petite fille.

Et bien que la chambre fût tiède et – tant qu'Élisabeth dormait – plaisante,
Michka s'était sauvé en passant par la chatière.
Maintenant, il s'en allait dans la neige... Il levait haut les pattes, l'une après l'autre,
et chaque fois qu'il en posait une, cela faisait dans la neige un petit trou rond.
Or, depuis bien cinq minutes, un roitelet le suivait.
Ces roitelets, c'est farceur ; ça a la queue retroussée
et ça sautille par-ci, par-là, on dirait toujours qu'ils se moquent de vous.
Celui-là faisait « *Piou ! Piou !* » dans le dos de Michka
et, quand Michka se retournait, vite il se laissait tomber dans un des petits trous ronds
que les pattes de Michka avaient faits dans la neige.
– *Hm !* disait Michka, j'avais bien cru entendre pourtant...
Et dans son trou, le roitelet mourait de rire.

Mais tout de même, à la fin, du coin de l'œil, Michka l'aperçut.
– *Brrr !* lui fit-il au nez en se retournant d'un seul coup.
Pauvre roitelet ! Il eut si peur qu'en volant, il emmêlait ses ailes, et que ce fut miracle s'il ne tomba pas. Il se blottit sous un buisson et se tint désormais tranquille.
– *Tradéridéra, tralala !* chantait Michka en continuant sa route,
c'est très amusant d'être un petit ours qui se promène dans la campagne.
Je ne veux plus jamais être un jouet !

Après ça, au pied d'un arbre où la neige avait fondu, il trouva un pot de miel ;
une paysanne l'avait perdu sans doute au retour du marché.
Mais le pot de miel était fermé, et Michka ne savait pas dévisser le couvercle.
Après avoir essayé de toutes les manières, il devint furieux.
– Tiens, grande bête de pot, dit-il en lui lançant un coup de pied, va-t'en où il te plaît !
Et le pot se mit à rouler et, roulant, il buta contre une pierre, s'ouvrit en deux :
voilà le miel !
– *Mm ! Mm !* faisait Michka en se régalant, que la vie est belle dans les bois !
Jamais plus je ne serai un jouet, ça, non !

Naturellement,
quand il eut bien déjeuné,
qu'il se fut bien frotté son petit ventre rond,
il eut envie d'aller faire la sieste en haut de l'arbre.
Il grimpa donc et s'installa dans les branches
et dormit un bon coup.
Quand il se réveilla, c'était presque le soir...
Deux oies sauvages s'étaient posées à la cime de l'arbre
pour se dégourdir les pattes, et on les entendait causer.
– *Can, can !* c'est le soir de Noël ! disait l'une.
– *Can, can !* disait l'autre. C'est ce soir que chacun
doit faire une bonne action, c'est ce soir que chacun
doit aider son semblable, secourir les malheureux,
réparer les injustices...
« Tiens... Tiens... se disait Michka, je ne savais pas ça... »
Et puis elles s'envolèrent au fond du grand ciel gris.

Et Michka descendit de son arbre et repartit dans la neige,
cherchant une bonne action à faire...

Mais on eût dit que la terre où il était arrivé maintenant était toute déserte.
Pas une maison, pas un animal, rien que la neige et les grands bois.
Soudain, voici qu'il entendit des grelots. C'était un traîneau, tiré par un renne.

Le renne était blanc, son harnais était rouge et parsemé de clochettes,
et tout ça était très joli ; et aussi, dans ses beaux yeux longs, le renne avait une lumière
comme on n'en voit pas sur cette terre, assurément.
Sur le traîneau, il y avait un grand sac, tout gonflé, tout bossu. C'était le Renne de Noël
qui faisait sa distribution, comme c'est l'usage dans les pays du Nord,
où il y a bien trop de neige pour qu'un Bonhomme Noël puisse cheminer à pied.
– Grimpe vite, dit le renne à Michka, tu m'aideras…

Oh ! ça, c'était amusant ! Le traîneau volait sur la neige.
La nuit était venue, mais il y avait tant d'étoiles au ciel qu'on y voyait comme en plein jour.
À chaque village, à chaque maison, le renne s'arrêtait et Michka, entrant à pas de loup,
mettait dans la cheminée un chemin de fer, un pantin, une trompette,
tout ce qui lui tombait sous la main en fouillant dans le grand sac.

Michka s'amusait comme un fou ; s'il était resté, sage petit joujou,
dans la maison d'Élisabeth, aurait-il jamais connu une nuit pareille ?
De temps en temps, cependant, il pensait : « Et ma bonne action, dans tout ça ? »

Alors, on arriva à la dernière maison ; c'était une cabane misérable, à la lisière d'un bois.
Michka fourra la main dans le grand sac, tourna, fouilla : il n'y avait plus rien !
– Renne, ô Renne ! Il n'y a plus rien dans ton sac !
– Oh ! gémit le renne.
Dans cette cabane, il y avait un petit garçon malade ;
demain matin, en s'éveillant, verrait-il ses bottes vides devant la cheminée ?
Le renne regardait Michka de ses beaux yeux profonds.
Alors Michka fit un soupir, embrassa d'un coup d'œil la campagne où il faisait si bon
se promener tout seul et, haussant les épaules, levant bien haut ses pattes,
une, deux, une, deux, pour faire sa bonne action de Noël, entra dans la cabane,
s'assit dans une des bottes, attendit le matin...

L'oiseau de pluie

Monique Bermond, illustrations de Kersti Chaplet

L'oiseau de pluie, perché sur le grand tamarinier, chantait de mélancoliques *pluipluiplui !*
Banioum le regarda longuement. Il réfléchissait. Puis il alla trouver sa grand-mère.
– Grand-Mère, dit-il, si nous avions un oiseau de pluie à nous,
crois-tu que nos champs seraient arrosés quand nous le voudrions ?
La grand-mère hocha la tête et répondit sans hésiter :
– Bien sûr ! car l'oiseau ne chanterait que pour nous.
Les récoltes seraient abondantes, il n'y aurait jamais de famine !

Mais Banioum voulait en savoir davantage. Il alla trouver son père.
– Père, dit-il, si nous avions un oiseau de pluie dans notre maison,
crois-tu que nos champs seraient arrosés quand nous le voudrions ?
Le père réfléchit quelques instants, puis répondit :
– Non, je ne le pense pas. Les vieux du village racontent beaucoup de légendes...
Faut-il croire tout ce qu'ils disent ?

Mais Banioum voulait en savoir davantage. Il alla trouver le Grand-Sage.
– Grand-Sage, dit-il, si nous avions un oiseau de pluie dans le village, crois-tu que les champs seraient mieux arrosés ?
– Oui, sans doute, car cet oiseau sait quand la pluie va tomber... Il sait aussi quand elle doit s'arrêter ! L'eau ferait pousser les plantes, la rivière ne serait jamais à sec, il n'y aurait plus d'épidémies... Mais qui peut posséder un oiseau de pluie ?

Banioum en savait suffisamment cette fois.
« C'est bon, se dit-il, j'irai chercher un oiseau de pluie ! »

Et le lendemain, dès l'aube, il se mit en route dans la brousse.

Il marchait depuis quelques instants seulement
lorsqu'il entendit une voix moqueuse l'interpeller :
– Où vas-tu Banioum ? Où vas-tu Banioum ?
Levant la tête, Banioum aperçut un perroquet
à travers les branches d'un cédratier.
– Je vais à la recherche d'un oiseau de pluie.
– Je n'aime guère cet oiseau qui se mêle toujours
de chasser le soleil. Alors si tu veux, je peux t'aider !
Je sais très bien imiter son cri. Écoute : ***pluipluiplui !***
– En route donc !

Et Banioum poursuivit son chemin en compagnie du perroquet.

Quelques instants plus tard,
ils rencontrèrent un singe.
– Bonjour Banioum, bonjour perroquet !
Où allez-vous ainsi dans la brousse ?
– Nous cherchons, nous cherchons... euh...
– Un oiseau de pluie, dit Banioum.
– Vraiment ? Alors je vais avec vous,
je peux vous être utile : je sais fabriquer
des pièges qui attrapent des oiseaux de pluie.
– Tu ne les aimes pas ?
– Oh ! ni plus ni moins que les autres !
Mais s'il y a un bon tour à jouer,
je suis toujours content.
– En route donc !

Au bout de quelques heures, ils arrivèrent au pied d'un baobab.
– Arrêtons-nous ici, dit le singe.
Il fabriqua un piège, et le perroquet, caché dans les branches de l'arbre, se mit à chanter de gais ***pluipluiplui !***
Il fallait attendre qu'un oiseau de pluie se décidât à venir.
Banioum s'assoupit.

Il fut réveillé en sursaut par le perroquet qui piaillait :
– Ça y est, il est pris, il est pris !
L'enfant trouva dans le piège l'oiseau qui se débattait.
Il le mit dans son sac et reprit le chemin du village.

Lorsqu'il fut arrivé, il remercia le perroquet... le singe... et prit congé d'eux.

Il construisit une belle cage à l'oiseau.
Il l'y enferma, et tout le village vint l'admirer
et lui demander d'appeler la pluie.
Mais l'oiseau se contentait de pousser
de temps à autre un petit cri plaintif.

Des jours et des nuits passèrent :
l'oiseau ne chantait pas.
Les gens du village et ceux d'alentour
ne venaient plus voir l'oiseau.
Banioum attendait,
Banioum espérait toujours.

Les semaines passèrent.
Les champs du village se desséchèrent
au point que la terre se fendit et se craquela.
L'oiseau ne chantait toujours pas.
Plus personne ne venait voir Banioum
et son oiseau.

Alors, Banioum se rendit chez le Grand-Sage.
Le Grand-Sage attendait Banioum ; il le fit entrer dans sa case et ressortit en fermant la porte derrière lui.
Avant la tombée de la nuit, il délivra l'enfant et lui demanda :
– Pourquoi es-tu en larmes, Banioum ?
– Parce que j'avais peur là-dedans !
– Pourquoi as-tu pleuré au lieu de chanter, Banioum ?
– A-t-on envie de chanter quand on est enfermé ?
– C'est bon, Banioum. Maintenant, rentre chez toi et occupe-toi de ton oiseau.

Banioum rentra chez lui, prit la cage, la déposa devant la case, ouvrit la porte et sortit délicatement l'oiseau en murmurant :
– Oiseau, mon cher oiseau, va… va…

L'oiseau tourna la tête, regarda l'enfant, secoua deux ou trois fois ses ailes, puis s'élança avec de joyeux *pluipluiplui*, d'un vol si rapide, qu'il ne fut bientôt plus qu'un petit point bleu là-haut, très haut dans le ciel !
Et sur le village de Banioum une pluie chaude et bienfaisante se mit à tomber.

Le Jamais-Content

Vassilissa, illustrations de Romain Simon

À peine sorti de l'œuf, le poussin jaune commence à se plaindre.
À cinq pas de sa coquille il rencontre un rouge-gorge.
– Pourquoi as-tu du rouge au jabot, toi ? moi je n'en ai pas et j'en voudrais ! s'écrie le poussin de mauvaise humeur.
Un peu plus loin, il aperçoit un merle.
Son bec jaune lui fait envie :
– Tu trouves ça juste toi, que mon bec soit tout gris ?

Mère Poule n'a pas besoin de chercher comment appeler son poussin.
Son nom est tout trouvé : Jamais-Content.

Jamais-Content a grandi.
Il est devenu un poulet magnifique. Ce qui ne l'empêche pas d'envier tout le monde : la pintade et le pigeon, le dindon et le geai.
– Ils ont tous plusieurs couleurs et moi je n'ai que du roux !
La pie essaie de le raisonner :
– Regarde-moi ! Est-ce que je me plains ? Pourtant, je ne suis qu'en noir et blanc !
– Non, mais tu as une queue superbe, et longue et droite ! La mienne n'est qu'un plumet ridicule ! Ce n'est pas juste !

Un jour, sur la rivière, passe une famille de cygnes. Jamais-Content est furieux :
– Pourquoi allez-vous sur l'eau, vous autres, alors que moi je ne peux pas ?
– Mais tu es un poulet, voyons ! Pour pouvoir nager, il te faudrait des pattes palmées comme les nôtres ! répond courtoisement un cygne.
– Et qui vous les a données, ces pattes ? s'entête Jamais-Content.
– C'est la Nature, je crois.
– La Nature ?...
Et où habite-t-elle ?
J'irais bien lui demander des pattes pareilles aux vôtres !
Le cygne réfléchit :
– Je pense qu'il faut remonter la rivière jusqu'à sa source.

Alors, Jamais-Content suit la rive d'un pas décidé.
Quand, après un très long voyage, Jamais-Content trouve enfin la Nature, ses pattes sont tout usées.

– Il me faut des pattes palmées, ordonne Jamais-Content, sans embarras ni politesse.
– Il te faut des pattes, je le vois bien. Mais es-tu sûr de les vouloir palmées ? s'étonne doucement la Nature.
– Oui, palmées, pour aller sur l'eau.
– Ah bon ! dit la Nature.

Et voilà Jamais-Content, chaussé de pattes palmées, qui redescend la rivière à la nage. On dirait un Presque-Content, ou un Content-Pas-Pour-Longtemps, car... Il sort de l'eau pour picorer quelques grains.
– Comme on marche mal, avec ces pattes ! Que c'est fatigant ! grommelle Jamais-Content.
– Fais comme moi ! Prends tes repas dans l'eau ! lui crie un canard au passage.
Hélas ! un bec de poulet n'est pas fait pour filtrer l'eau ni pour fouiller la vase !
Jamais-Content n'attrape rien et s'impatiente :
– C'est ce bec qui ne convient pas. Je veux un bec comme celui du canard !

Aussitôt, il remonte la rivière jusqu'à la source et retrouve la Nature.
– Je veux un bec de canard. Le mien ne vaut absolument rien.
La Nature sourit, moqueuse :
– Un bec de canard ? Bien, bien, bien...
Et Jamais-Content repart, avec son bec de canard.

En chemin il se régale de larves et de têtards. L'ennui, c'est que ses plumes de poulet se mouillent. Après chaque plongeon, il doit se sécher au soleil...

Il aperçoit une loutre.
– Hé ! Loutre ! Comment fais-tu, toi, pour rester dans l'eau si longtemps ? Tu n'as donc pas froid ?
– Mon poil est imperméable, répond la loutre, et ma peau est grasse et dodue.
« Pourquoi elle, et pas moi ? » se dit Jamais-Content.
Et le voilà reparti à la source.

– Ça ne va pas du tout, du tout ! crie-t-il de loin à la Nature. Ce qu'il me faut, c'est une peau de loutre !
La Nature éclate de rire :
– Une peau de loutre ? En voilà une idée ! Avec ton bec de canard ? Et puis quoi encore ?
– Deux pattes palmées, ce n'est pas suffisant ! J'en veux quatre ! insiste Jamais-Content. Mais il me faut aussi cette peau de loutre...

C'est un bien curieux animal qui redescend la rivière ! Il nage bien, il nage vite, et reste dans l'eau tant qu'il veut.

Un Jamais-Content content, croyez-vous cela possible ? Voilà qu'il rencontre un castor.
Ce castor nage, tourne et vire avec tant d'élégance que Jamais-Content l'envie :
« Quelle queue ! Quelle belle queue il a pour lui faire gouvernail ! Et moi qui n'ai pas de queue du tout ! Vite retournons à la source ! »

– Dites ! crie Jamais-Content.
Vous avez oublié ma queue. Celle du castor m'irait bien...
Mais la Nature ne rit plus :
– Une queue, maintenant ? Jamais-Content, tu m'ennuies. Je n'ai pas que cela à faire.
Et dans son agacement, elle ne s'applique guère.
« Je crois que je suis parfait maintenant », songe Jamais-Content en s'éloignant.

Cent mètres plus bas, un rat creuse son terrier.
« Un terrier ! Voilà ce que j'aimerais ! se dit Jamais-Content.
Oui, mais pour le creuser, il me faut des griffes ! Allons les réclamer ! »

Cette fois, la Nature se fâche :
– Jamais-Content, je t'ai assez vu.
À peine sors-tu d'ici qu'il te faut autre chose !
Tes griffes de rat, les voici ! Mais à présent, file, creuse ton terrier, cache-toi dedans et que je ne te revoie plus ici !

Effrayé par la grosse voix, Jamais-Content plonge et disparaît.
Il descend la rivière, vite, vite, jusqu'à sa berge natale.
Mais personne ne le reconnaît. Chacun rit, se moque et le chasse :
– Avez-vous vu ce vilain canard ?
– Sans plumes et avec quatre pattes !
– Et cette fourrure noire !
– Et cette queue ridicule !
– Et ces griffes de diable !
– Quelle horreur ! Va-t'en ! Va-t'en !

Jamais-Content se sauve et se creuse un terrier, loin, très loin de là.
Il s'y cache toute la journée. Il n'en sort qu'à la nuit tombante
pour chercher de quoi manger, tout seul, dans la vase noire.
Et cela dure des semaines, des mois peut-être.

Puis, un beau jour, la Nature voit revenir Jamais-Content.
Du plus loin, elle l'avertit :
– Je ne veux plus te voir, je croyais te l'avoir dit.
Ne me demande pas des plumes de paon, ou une carapace de tortue, je ne changerai plus rien. Tel tu es, tel tu resteras !
Jamais-Content s'approche timidement et dit d'une petite voix triste :
– Je veux bien rester comme je suis, mais, si vous saviez comme je m'ennuie !
La Nature réfléchit et dit :
– Je le sais, va, ce qui te manque.

Elle frappe l'eau de son bâton, et aussitôt, que voit-on surgir ?
Un autre Jamais-Content, tout frais, tout frétillant.
– Jamais-Content, dit la Nature, voici Toujours-Contente, ta semblable.
Qu'elle devienne ta compagne et te suive dans ton terrier.
Elle pondra des œufs comme une poule, et vos petits suceront son lait sur son poil de loutre. Ils auront comme vous, bec de canard et pattes palmées, fourrure brune et large queue...
Et qu'aucun de vous, jamais, ne revienne ici réclamer !

Ils sont partis tous deux, ensemble. Ils vivent heureux, très loin d'ici et ils ont eu beaucoup d'enfants.
Ainsi sont peut-être nés les ornithorynques, que l'on n'entend jamais se plaindre.

La famille Rataton

Texte et illustrations de Romain Simon

C'est la famille Rataton : il y a Monsieur Rataton, il y a Madame Rataton, il y a les trois enfants Rataton.
Monsieur Rataton est en train de boire du café au lait bien sucré.
Madame Rataton range ses provisions dans l'armoire.
– Tu devrais aller me chercher quelques graines pour le dessert, dit-elle à Monsieur Rataton.
– Bon, dit Monsieur Rataton, j'y vais. Au revoir les enfants, au revoir Doucette.
Il prend deux petits paniers. Il embrasse tendrement Madame Rataton.
Et *floup !* il court dans la campagne.

Pendant ce temps-là, Madame Rataton balaie les longs couloirs de sa maison, creusée dans la terre. Et, quand elle a fini son ménage, elle va promener ses enfants :
– Allons, marchez devant, dit Madame Rataton, ne vous éloignez pas, et ne vous faites pas remarquer en poussant des cris.
– Oui, Maman ! Non, Maman !

De son côté, Monsieur Rataton a ramassé de bonnes petites graines.
Il rentre tout content.
Mais le zèbre et la girafe se moquent de lui.
Tous les matins, c'est comme ça.
– Qu'il est petit, qu'il est petit !
si encore il était rayé ! dit le zèbre.
– Ou s'il avait un long cou !
dit la girafe.

Monsieur Rataton est triste,
avec ses petits paniers.
Il se dit :
« Comme il fait bon être
chez soi, sans ces grosses
bêtes qui se moquent de vous. »

En revenant de promenade avec ses enfants,
Madame Rataton rencontre le singe.
Il rit en les voyant passer.
– Hi, hi ! ha, ha ! qu'ils sont petits, que c'est drôle ! hi, hi ! ha, ha !
– Tenez-vous bien mes enfants, dit Madame Rataton,
ne vous retournez pas.
Et elle pense :
« Si nous sommes petits, lui, il est bien laid. »

Les Rataton se retrouvent tous chez eux.
– C'est tout de même malheureux d'être si petits, dit Monsieur Rataton.
– Nous sommes très bien ainsi, et nous sommes beaucoup plus gros que les fourmis, dit Madame Rataton.
– Ça c'est bien vrai, dit Monsieur Rataton.
– Tu sais, tu devrais creuser un couloir pour faire une autre sortie. Comme cela, nous ne serions pas obligés de passer devant le zèbre, la girafe et le singe, dit Madame Rataton.
– C'est une bonne idée, dit Monsieur Rataton.

Il va chercher une pelle, une pioche, et il creuse la nouvelle galerie.
Les petits Rataton dansent et chantent :
On va avoir un nouveau couloir ! tra la la !
une nouvelle sortie ! tra la la ! tra la li !

Monsieur Rataton pioche et creuse longtemps. Il a bien chaud ! *Ouf !*
Il se repose un moment...
Les enfants sont curieux de savoir où va déboucher la nouvelle sortie.
Enfin, ça y est ! Le couloir est percé.
Les Rataton mettent leur museau dehors, leurs moustaches tremblent de plaisir.
Mais en levant la tête, Monsieur Rataton voit un lion !

Un vrai lion avec une crinière et d'énormes pattes.
Monsieur Rataton tombe à genoux.
– Ne me mangez pas, Monsieur le Lion !
Madame Rataton serait bien ennuyée,
et mes enfants lui donneraient trop de soucis sans moi.

Ce lion-là est un brave lion, ça tombe bien.
– N'ayez pas peur, dit-il, même si j'avais faim, je ne vous mangerais pas.
– Oh ! Merci, Monsieur le Lion ! Merci ! Si vous avez besoin de moi,
ne vous gênez pas, venez me chercher. J'habite là. Vous voyez,
nous sommes voisins : demandez Monsieur Rataton.
– Entendu, dit le lion.
Il est très amusé, et il se demande comment un si petit animal pourrait lui rendre service !
– Au revoir, Monsieur le Lion. Mes enfants, dites bien au revoir à Monsieur le Lion.

Madame Rataton commence à être inquiète. Elle va voir ce qui se passe.
– Regarde le lion qui s'en va, dit Monsieur Rataton, c'est mon ami, il ne nous a pas
fait de mal ! Un lion très poli, et qui sait parler aux bêtes plus petites que lui.
– C'est un brave lion, dit Madame Rataton. Mais il faut aller à table maintenant.
Lavez-vous bien les mains, mes enfants.
Et toute la famille : Papa, Maman, les trois petits Rataton, dînent et vont se coucher.

Dans la nuit, Monsieur Rataton est réveillé par un long rugissement :
– *Rrôâô… Rrôâô…*
« C'est le lion, se dit Monsieur Rataton. Il doit avoir besoin de moi.
Vite, mon pantalon, mon cache-nez ! »

Monsieur Rataton court, court.
– *Rrôâô… Rrrôâô… Rrôâô…*
Le lion est pris dans un piège. Il est emprisonné dans les mailles d'un grand filet.
Plus il se débat, plus les cordes le serrent. Il a l'air très malheureux.
– Monsieur le Lion, c'est moi… Monsieur Rataton, vous savez, votre voisin,
ne bougez pas, attendez un moment : je vais vous délivrer.

Monsieur Rataton court chez lui. Il réveille Madame Rataton, il réveille ses enfants.
Puis il prend deux bonnes scies. Madame Rataton emporte des provisions.
Les enfants Rataton trouvent cela très drôle.
Ce n'est pas souvent que l'on sort en pleine nuit.

À l'ouvrage ! Monsieur et Madame Rataton scient les cordes brin à brin.
Les enfants grimpent et jouent dans le filet.
Le lion essaie de remuer, il souffle très fort.
– Nous allons y arriver, Monsieur le Lion, patience. Ne vous énervez pas.
– Si vous le permettez, Monsieur le Lion, dit Madame Rataton,
nous allons nous arrêter un moment. Il faut manger
et boire un peu, nous travaillerons mieux ensuite.
On mange, on boit et on se remet au travail.
Les scies vont plus vite. Les mailles craquent une à une.
Les cordes ne tiennent presque plus. Le lion se soulève...
et *crâââc*... tout le filet se déchire : le lion est libre,
le lion gambade, les Rataton dansent de joie.
– Merci, merci chers amis.
– Ça n'est rien, Monsieur le Lion, tout à votre service, au revoir.
– Mais non, mais non, dit le lion, je ne peux pas vous quitter comme ça.
Regardez, le jour se lève. Montez sur mon dos, nous allons faire une promenade.

Les petits Rataton montent les premiers.
– Tenez-vous bien à ma crinière, les enfants, dit le lion.
Puis c'est au tour de Monsieur Rataton. Madame Rataton monte la dernière,
et s'assied à côté de Monsieur Rataton.
– En route, dit le lion.
Les Rataton, tout fiers, passent devant le zèbre, la girafe et le singe.
– Ce n'est pas le moment de se moquer des Rataton, chuchote le zèbre à la girafe.
Le singe n'est pas tranquille. Le lion a l'air de lui dire :
« Ce sont mes amis maintenant. Je te conseille de ne jamais te moquer d'eux. »

C'est une belle promenade que font les Rataton sur le dos de leur ami.
Ils s'en souviendront longtemps.

Un petit chacal très malin…

D'après un conte hindou, illustrations d'Étienne Morel

Dans un village de l'Inde, un tigre avait dévoré tant de moutons que les villageois décidèrent de s'en débarrasser. Ils le prirent au piège et l'enfermèrent dans une cage de bambou pour le vendre à une ménagerie.
Un brahmane passait par là.
– Oh ! Frère Brahmane, implora le tigre ; je meurs de soif et l'on n'a pas mis d'eau dans ma cage. Ouvre-moi la porte et laisse-moi sortir rien qu'un instant pour aller boire !
– Mais si j'ouvre la porte, Frère Tigre, dit le brahmane, tu es bien capable de me manger !
– Comment peux-tu croire une chose pareille, Frère Brahmane ! s'écria le tigre. Ouvre-moi juste une petite minute pour chercher une goutte d'eau, je t'en supplie !

Le brahmane ouvrit la porte de la cage.
Dès que le tigre fut dehors, il fit mine de sauter sur le brahmane pour le dévorer.
– Mais, Frère Tigre, dit le brahmane, et ta promesse ? Ce n'est pas juste…
– J'ai faim, je mange, rien n'est plus juste.
– Ce n'est pas possible ! Tu ne manqueras pas ainsi à ta parole ! Tout le monde te donnerait tort. Demandons l'avis des cinq premiers êtres vivants que nous rencontrerons, veux-tu ?
– Soit ! dit le tigre, mais dépêchons.

Leur première rencontre fut, sur le bord du chemin, un grand figuier banian.
– Frère Banian, dit le brahmane, est-il juste que le tigre me mange après que je l'ai fait sortir de sa cage ?
Le figuier banian, agitant doucement ses feuilles, répondit d'une voix sourde :
– Dans la journée, quand le soleil est brûlant, les hommes sont heureux de se reposer dans mon ombre et de se rafraîchir avec mes fruits.
Mais quand le soir vient, ils arrachent mes feuilles et cassent mes branches.
Les hommes sont des ingrats. Que le tigre mange le brahmane !

Le tigre se préparait déjà à sauter sur le brahmane :
– Pas encore ! s'écria celui-ci, nous n'avons entendu qu'un avis.

Plus loin, ils trouvèrent un vieux buffle couché dans un marécage.
Des nuées de mouches le harcelaient, qu'il n'avait même pas la force de chasser.
– Frère Buffle, dit le brahmane, j'ai délivré ce tigre de sa cage et maintenant, comme récompense, il veut me manger. Est-ce juste ?
Le buffle leva lentement les paupières et répondit d'une voix lasse :
– J'ai servi mon maître toute ma vie. J'ai tiré sa charrue, porté ses fardeaux, promené ses enfants sur mon dos. Maintenant que je suis vieux, il refuse de me nourrir. Ce n'est pas moi qui te défendrai : la justice du tigre vaut bien celle des hommes !

Le tigre s'apprêtait à bondir, mais le brahmane dit bien vite :
– Non ! Frère Tigre ce n'est que le second, et tu m'en as accordé cinq. Souviens-toi !

Le tigre, en grommelant, consentit à continuer sa route.

Bientôt, ils aperçurent un aigle. Et le brahmane,
se tournant vers le ciel, cria :
– Oh ! Frère Aigle, toi qui planes dans les cieux,
dis-nous s'il te semble juste que ce tigre veuille me manger,
après que je l'ai fait sortir de sa cage ?
L'aigle plana un moment au-dessus d'eux.
Puis il vint se poser sur un rocher et parla d'une voix claire :
– Moi qui vis dans les nuages, bien loin des hommes,
et ne leur fais aucun mal, je souffre cependant par eux.
Ils me lancent des flèches et viennent jusqu'à mon aire
pour tuer mes enfants. Les hommes sont cruels.
Que le tigre mange le brahmane !

Cette fois le tigre sauta sur le brahmane,
tout prêt à le déchirer.
Le brahmane eut bien du mal
à le persuader d'attendre encore.

Dans la vase du fleuve somnolait un vieux crocodile. Le brahmane lui adressa la parole le plus respectueusement qu'il put :
– Frère Crocodile, tu es plein de sagesse et d'expérience, sois juge entre nous : j'ai délivré ce tigre d'une cage où il était enfermé, et, pour toute récompense, il veut me manger, moi qui suis vieux, faible et sans arme. Lui donneras-tu raison ?
– Certainement, répondit le crocodile. Quand j'étais jeune, les hommes me craignaient et me laissaient en paix. Maintenant que l'âge m'alourdit, ils m'attaquent de toutes les façons et, si je ne fais pas bonne garde auprès de mes œufs, ils les écrasent à coups de pierre. Les hommes sont aussi lâches que cruels. Que le tigre mange le brahmane !
– Encore un, dit le brahmane, le cinquième !

Un petit chacal trottait gaiement sur la route.
– Frère Chacal ! Frère Chacal ! appela le brahmane d'une voix tremblante, aie la bonté d'écouter notre histoire, et après tu nous donneras ton avis.
Le petit chacal s'assit pour mieux entendre, et le brahmane lui raconta l'affaire.
Mais Frère Chacal n'avait pas l'air de comprendre :
– Expliquez-vous clairement, car je me représente mal ce que je n'ai pas vu moi-même.
– Trouves-tu juste, répéta le brahmane, que ce tigre veuille me manger, moi qui l'ai fait sortir de sa cage ?
– De sa cage ? Quelle cage ? demanda le petit chacal.
– Mais de la cage où il était enfermé. C'est moi qui...
– Oh ! Oh ! N'allez pas si vite ! Je ne comprends pas. Voyons. Quelle sorte de cage était-ce ?
– Une grande cage en bambou, là-bas. Je passais...

– Oh ! là, là ! Je n'y comprends rien !
dit le petit chacal. Vous feriez mieux
de me montrer la chose.
Je comprendrais tout de suite.

Ils retournèrent sur leurs pas
et arrivèrent près de la cage.
– Voyons un peu, dit le petit chacal.
Frère Brahmane, où étais-tu placé ?
– Ici, sur la route, répondit le brahmane.
– Tigre, où étais-tu ?
– Dans la cage, parbleu ! rugit le tigre,
qui commençait à perdre patience.
– Je vous demande bien pardon,
Monseigneur, fit le petit chacal.
J'ai l'intelligence assez lente.
Je ne peux pas me rendre compte comme cela. Si vous vouliez bien me montrer…
comment… dans quelle position vous étiez ?
– Comme ça ! imbécile ! gronda le tigre en se glissant dans la cage.
– Oh ! merci, dit le petit chacal. Je commence à comprendre.
Mais… pourquoi y restiez-vous ?
– Idiot ! hurla le tigre. Ne comprends-tu pas que la porte était fermée ?
– Ah ! la porte était fermée ? Je ne vois pas très bien… Fermée ?
Comment était-elle fermée ?
– Comme ça, dit le brahmane, en poussant la porte.
– Ah ! très bien ! comme ça… Mais… pourquoi le tigre, ne pouvait-il pas l'ouvrir ?
– Parce que le verrou était fermé, dit le brahmane, comme ceci.
Et il poussa le verrou.

– Ah ! Ah ! Ah ! Il y a un verrou ? dit le petit chacal. Vraiment ! Il y a un verrou !
Eh bien ! Frère Brahmane, maintenant que ce verrou est poussé, je vous conseille
de le laisser comme il est. Quant à vous, Seigneur Tigre, bon appétit !

Le petit chacal, se tournant vers le brahmane, fit un profond salut.
– Adieu ! dit-il. Votre chemin va par ici, le mien par là. Bon voyage !

Un ours bien nigaud

Raconté par Robert Giraud d'après la tradition russe,
illustrations de Jean-François Martin

Un ours avait acheté un champ qui n'avait pas été cultivé depuis longtemps. Avant de semer les grains, il fallait le débarrasser des cailloux et des racines qui l'encombraient. Alors, courageusement, l'ours se retroussa les manches et se mit à l'ouvrage.

Un renard sortit du bois et s'arrêta au bord du champ :

– Compère Ours, que fais-tu donc là ? demanda-t-il. Tu t'es fait cultivateur ?

– Oui, je veux faire pousser du blé pour me nourrir, compère Renard. Mais il faut d'abord nettoyer le sol. C'est un travail énorme. J'en aurai sûrement pour longtemps.

– Si tu me promets un bon salaire, proposa le renard, je veux bien te donner un coup de main.

– C'est sûr qu'à deux, les choses iraient beaucoup plus vite. Mais je n'ai pas d'argent, se désola l'ours. Et je ne sais pas si tu aimes le miel.

– Le miel, s'exclama le renard, j'adore ! Je suis d'accord pour être payé avec du miel. Combien m'en donneras-tu ?

– Tu vois le toit là-bas, qui dépasse de la haie, près de la rivière ? C'est celui de ma maison. J'ai rangé trois pots de miel dans le grenier. Si tu m'aides, je t'en donnerai un.
Les deux compères se tapèrent dans la main en signe d'accord.
Puis ils se mirent au travail.

L'ours prenait les plus gros blocs, les chargeait péniblement sur ses épaules et allait les jeter en bordure du champ. Le renard, lui, s'agitait beaucoup, mais n'emportait à chaque voyage qu'un ou deux petits cailloux.
L'ours était bien trop occupé pour le remarquer.
Soudain, les cloches sonnèrent à l'église d'un village voisin.
– Mon Dieu, j'ai failli oublier ! s'écria le renard. Mon ami le loup baptise aujourd'hui son dernier né, et il m'a invité à la cérémonie. Il faut que j'y coure, sinon il sera vexé. Tu sais qu'il vaut mieux ne pas se fâcher avec lui.
– Je comprends, mais reviens vite, dit l'ours. Tu vois tout le travail qu'il reste encore à faire.

Le renard prit la direction du village, mais tourna bien vite pour arriver à la maison de l'ours. Il entra, grimpa au grenier, trouva les pots de miel, ouvrit le premier et s'en régala. Ensuite, il redescendit, regagna la route du village et revint dans le champ.
– Alors, tu n'es pas arrivé trop tard ? lui demanda l'ours.
– Non, pas du tout ! répondit le renard.
– Et comment a-t-on appelé le bébé ?
– Bon-Premier.
– Drôle de nom pour un louveteau ! Je n'en avais jamais entendu de pareil jusqu'à aujourd'hui !

Sans perdre plus de temps à bavarder, l'ours s'arc-bouta sur une grosse racine pour l'arracher du sol. Le renard, lui, prit une poignée de gravillons et alla tranquillement les jeter dans le terrain voisin.
Une heure après, les cloches sonnèrent à l'église d'un deuxième village.
– Seigneur ! s'écria le renard. J'ai failli oublier ! On baptise aussi aujourd'hui le bébé de mon ami le blaireau, et je lui ai promis d'y aller.
– Décidément, tu n'as guère de tête, fit l'ours. Enfin, si tu lui as promis... Seulement, dépêche-toi de revenir, le temps presse !

Le renard prit la direction du second village et, dès que l'ours ne le vit plus, il tourna vers sa maison. En trois bonds, il fut au grenier où, en se pourléchant les babines, il entreprit d'ouvrir le second pot de miel.
Une fois le pot vidé, il revint dans le champ comme si de rien n'était.
Aussitôt l'ours l'interrogea :
– N'es-tu pas arrivé trop tard pour le baptême ?
– Point du tout, répondit le renard, la cérémonie était à peine commencée.
– Et quel nom a-t-on donné à l'enfant ?
– Bon-Deuxième.
– Eh bien ! ce blaireau-là choisit des noms aussi bizarres que ton ami le loup !
Et sans plus causer, l'ours chargea sur ses épaules un énorme bloc.

Une heure ne s'était pas écoulée qu'une nouvelle sonnerie de cloches retentit dans un troisième village.
– Oh ! là, là ! me voilà bien! gémit le renard. Comment ai-je pu oublier que le hérisson baptisait aujourd'hui son petit dernier ? Il ne me pardonnerait jamais de ne pas y assister !
– Avec tous ces baptêmes, le travail n'avance guère, soupira l'ours.
– Ne t'inquiète pas, le rassura le renard. Le village est tout près, je serai vite de retour.

En effet, le chemin du troisième village passait juste devant la maison de l'ours.
Le renard n'eut pas à faire de détour. Il vida tranquillement le troisième pot de miel et revint.
– Cette fois-ci, lui dit l'ours, tu n'as pas dû être en retard.
– Pas du tout, répondit le renard.
– Et comment a-t-on prénommé le petit ?
– Bon-Dernier.
– Qu'est-ce qu'ils ont tous, en ce moment, à donner des noms pareils à leurs gamins ?
Moi, quand je me marierai, je donnerai à mes oursons des noms normaux.
Et l'ours se remit au travail.

La journée se terminait, le soleil baissait sur l'horizon. L'ours s'épongea le front et annonça :
– Je crois que, pour aujourd'hui, on en a assez fait. Allons manger un morceau.
– Bien volontiers, approuva le renard. J'ai l'estomac dans les talons !
Les deux compagnons arrivèrent à la maison de l'ours et montèrent l'escalier du grenier.
L'ours se dirigea vers le premier pot :
– Mais il est vide ! Comment est-ce possible ? s'exclama-t-il stupéfait.
Je suis absolument certain qu'hier encore il était plein.
Il alla au deuxième, puis au troisième pot, et les trouva également vides.
Sans laisser à l'ours le temps de réagir, le renard s'exclama :
– Ah, gredin ! Tu m'as fait travailler pour rien ! Tu n'as même pas de quoi me payer !
Tu as profité que j'étais parti pour vider les pots de miel !

L'ours protesta :
– Ce n'est pas vrai ! J'ai travaillé toute la journée sans même lever le nez !
C'est bien plutôt toi qui m'as trompé. Au lieu d'aller à tes baptêmes,
tu filais chez moi manger mon miel !
– Tu ne manques pas de toupet, toi ! s'indigna le renard. Tu n'as qu'à aller demander
au loup, au blaireau et au hérisson s'ils ont bien fait baptiser leurs bébés aujourd'hui !
– Comment veux-tu que j'y aille ? Ils sont déjà en train de se coucher !
– Eh bien ! je connais un moyen pour connaître la vérité, déclara le renard.
Nous allons nous asseoir chacun d'un côté du feu. Si l'un de nous a mangé du miel,
la chaleur le fera fondre dans son estomac, et il aura une belle tache en plein sur le ventre.

Ainsi firent-ils.
L'ours, épuisé par sa rude journée de travail, ne put résister à la bonne chaleur du feu et s'endormit comme une masse. Le renard n'attendait que cela.
Il grimpa sans bruit au grenier et ramassa avec sa patte les restes de miel, collés au fond des pots. Puis il redescendit et passa la patte sur le ventre de l'ours.
Quand celui-ci se réveilla, le renard s'exclama :
– Tiens ! Qu'est-ce que je te disais ! C'est bien toi qui as mangé le miel ! Résultat, j'ai travaillé pour rien et je repars le ventre vide ! Ne compte plus sur moi pour t'aider à l'avenir !
Le renard se dépêcha de filer en riant sous cape du bon tour qu'il venait de jouer à ce nigaud d'ours.

La petite fille aux allumettes

D'après Andersen, illustrations de Mayalen Goust

Comme il faisait froid !
Il neigeait et il commençait à faire sombre.
C'était le dernier soir de l'année, la veille du jour de l'an.
Par ce froid et dans cette obscurité, une petite fille marchait dans la rue, la tête et les pieds nus. Oh ! elle avait bien des pantoufles en quittant la maison, mais elles ne lui avaient pas servi longtemps : c'étaient de grandes pantoufles que sa mère avait déjà usées, si grandes que la petite les perdit en se dépêchant de traverser la rue entre deux voitures.
L'une fut impossible à retrouver, et un garçon courait avec l'autre disant qu'elle pourrait lui servir de berceau quand il aurait des enfants.
La petite fille marchait donc avec ses petits pieds nus, qui étaient rouges et bleus de froid.
Elle avait dans son vieux tablier une grande quantité d'allumettes et en tenait un paquet à la main.
De toute la journée, personne ne lui en avait acheté ; personne ne lui avait donné le moindre sou.

Elle avait bien faim, bien froid et bien triste mine, la pauvre petite !
Les flocons de neige tombaient sur ses longs cheveux dorés,
qui bouclaient joliment dans son cou, mais elle ne pensait pas à cette parure.
À toutes les fenêtres brillaient les lumières, et une délicieuse odeur d'oie rôtie
se répandait dans la rue ; c'était la veille du jour de l'an : voilà à quoi elle pensait.

Elle s'assit et se blottit dans un angle entre deux maisons.
Elle avait replié ses petites jambes sous elle, mais elle avait encore plus froid.
Elle n'osait pas rentrer chez elle, car elle n'avait pas vendu d'allumettes et pas reçu un sou.
Son père la battrait. Et il faisait froid aussi chez eux.
Ils logeaient sous le toit et le vent sifflait au travers, malgré la paille
et les chiffons qui bouchaient les plus grosses fissures.

Ses petites mains étaient presque mortes de froid. Oh, comme une petite allumette leur ferait du bien ! Si elle osait en tirer une seule du paquet, la frotter contre le mur et se réchauffer les doigts !
Elle en tira une : *pfutt !* comme le feu jaillit ! comme elle brûla ! C'était une flamme chaude et claire, comme une petite chandelle qu'elle entoura de sa main.
Quelle drôle de lumière !

Il semblait à la petite fille qu'elle était assise devant un grand poêle de fer orné de boules de cuivre et surmonté d'un tuyau de cuivre.
Le feu y brûlait délicieusement, il réchauffait si bien. Mais, qu'y a-t-il donc ?
La petite fille étendait déjà ses pieds pour les réchauffer aussi...
quand la flamme s'éteignit, le poêle disparut...
Elle se retrouva assise, un petit bout d'allumette brûlée à la main.

La fillette frotta une seconde allumette, qui brûla, qui brilla. Là où la lueur tomba sur le mur, il devint transparent comme un voile. La petite pouvait voir jusque dans une salle où une table, à la nappe d'une blancheur éclatante, était couverte de fines porcelaines. Une oie rôtie, farcie de pruneaux et de pommes, fumait avec un parfum délicieux. Et, ô surprise, ô bonheur ! Tout à coup, l'oie sauta du plat, marcha sur le plancher, la fourchette et le couteau dans le dos, jusqu'à la pauvre fille. Alors, l'allumette s'éteignit : la petite n'avait plus devant elle que le mur gris et froid.

Elle alluma encore une allumette. Aussitôt, elle se vit assise sous un magnifique arbre de Noël ; il était plus grand et plus paré encore que celui qu'elle avait vu, au dernier Noël, à travers la porte vitrée, chez le riche marchand. Mille chandelles brûlaient sur les branches vertes, et des images de toutes les couleurs, comme celles qui ornent les fenêtres des boutiques, semblaient lui sourire.

La petite fille éleva les deux mains… et l'allumette s'éteignit.
Toutes les chandelles de Noël montaient, montaient de plus en plus haut,
et la petite s'aperçut qu'elles étaient devenues des étoiles scintillantes.
L'une d'elles tomba et traça une longue raie de feu dans le ciel.
« En voilà une qui meurt », se dit la petite ; car sa vieille grand-mère,
qui seule avait été bonne pour elle, mais qui était morte, lui répétait souvent :
« Lorsqu'une étoile tombe, c'est qu'une âme monte à Dieu. »

La petite fille frotta encore une allumette sur le mur, et il se fit une grande lumière
au milieu de laquelle était la vieille grand-mère debout, avec un air si doux, si radieux.
– Grand-mère, s'écria la petite, oh, emmène-moi ! Je sais que tu ne seras plus là
lorsque l'allumette s'éteindra. Tu disparaîtras comme le poêle chaud,
comme l'oie rôtie, comme le bel arbre de Noël.

Et elle frotta en hâte tout le reste des allumettes, car elle voulait retenir sa grand-mère. Et les allumettes brillèrent d'un tel éclat qu'il faisait plus clair qu'en plein jour. Jamais la grand-mère n'avait été si grande ni si belle ! Elle prit la petite fille sur son bras, et toutes les deux s'envolèrent joyeuses au milieu de ce rayonnement, haut, si haut, qu'il n'y avait plus ni froid, ni faim, ni inquiétude. Elles étaient au ciel.

Mais dans le coin, entre les deux maisons, quand vint le froid matin, la petite fille était assise, les joues toutes roses, le sourire sur la bouche... morte, morte de froid, la dernière nuit de la vieille année.
Le jour se leva sur le petit cadavre assis là près des allumettes, dont un paquet avait été presque tout brûlé.
– Elle a voulu se chauffer ? dit quelqu'un.
Tout le monde ignora les belles choses qu'elle avait vues, et au milieu de quelle splendeur elle était entrée avec sa bonne grand-mère dans la joie du nouvel an !

Chante Pinson

Romain Simon et Paul François, illustrations de Romain Simon

Écureuil vit dans la forêt.
Il a une petite maison dans les branches d'un grand arbre.

Écureuil est très occupé. Il n'a plus le temps de s'amuser.
C'est la fin de l'été : il ramasse des pommes de pin pour l'hiver.
Il entasse dans sa maison de quoi nourrir au moins vingt écureuils.

– Viens jouer avec moi ! chante son ami Pinson.
– Laisse-moi faire mes confitures. Va jouer tout seul.
J'ai trop de travail.
Pinson a le cœur gros, il s'envole sans rien dire.

Écureuil travaille même la nuit. Il range ses pots de confiture.
Il fait sécher des champignons.
Ce n'est pas lui qui aura faim cet hiver !

Un matin, Pinson revient :
– Tu as mauvaise mine, tu devrais te distraire ; allons nous promener tous les deux !
– Pauvre Pinson, pense donc à l'hiver ! Ramasse des graines, travaille, au lieu de chanter.
– Mais je travaille ! Je chante pour donner du courage aux autres. J'apprends aux bêtes à chanter. C'est cela mon travail.

Pinson va voir ses élèves de la campagne et de la forêt.
– *Cui... cui...* Que c'est difficile de faire chanter un crapaud, surtout quand il a mal à la gorge !
Avec les poussins, ça va beaucoup mieux.
– Ils piaillent joliment bien depuis que tu leur donnes des leçons, dit la poule.
– *Bê... bê...* disent les chevreaux.
– Ils bêlent mieux que la semaine dernière, crie Pinson à la maman chèvre.

Les jours passent.
Les feuilles commencent à tomber.
Pinson chante toujours.

Les arbres jaunissent. L'air est froid.
Le vent chasse les feuilles mortes. Voilà l'hiver.
Les bêtes se cachent. Les oiseaux sont partis.

Pinson va trouver son ami :
– Écureuil, je suis fatigué. J'ai froid.
Veux-tu me prendre chez toi pour l'hiver ?
– Mon pauvre Pinson, tu ne m'as pas écouté.
Tant pis pour toi. J'ai eu trop de mal à faire
mes provisions. Adieu !

Qu'il fait froid ! Et voici la neige.
Pinson va d'un buisson à l'autre.
Pinson n'a qu'une petite pèlerine qui ne lui tient pas bien chaud.
Les autres bêtes ont une maison.

Écureuil se trouve très bien chez lui.
Il a ramassé beaucoup de bois et son petit poêle est tout rouge.
Que c'est bon d'avoir chaud !
Il croque une noisette. Il se gave de confitures.
– Elles sont bien réussies. J'en ferai encore plus l'année prochaine !
Quand on mange, le temps passe plus vite.

Mais plus le temps passe, plus Écureuil s'ennuie. Il est bien seul.
– Que devient Pinson ? Où est-il ? Ah ! s'il était là !
Écureuil tourne en rond.

Un jour, il s'ennuie tant qu'il n'a plus le courage d'allumer son feu.
Il se couche. Il est triste, si triste qu'il en devient malade.

Le docteur Rouge-Gorge vient voir Écureuil :
– Respirez ! Comptez ! Vous n'avez rien du tout ! Vous vivez trop seul. Il faut vous distraire.
Écureuil dit tout bas à Mésange sa voisine :
– Va chercher Pinson.

– Pinson, ton ami t'appelle. Il est malade et il a besoin de toi.
– Je veux bien le voir, Mésange, mais j'ai froid et je ne sais pas si je pourrai voler...
– Il faut essayer, dit Mésange.

Plouf ! Pinson est tombé dans la neige. Il a vraiment trop froid.
– Attends, Pinson. Je vais demander de l'aide aux oiseaux des bois.

Les oiseaux sont venus. Ils couchent Pinson dans sa pèlerine
et l'emportent vers la maison d'Écureuil.

En voyant Pinson trembler de froid, Écureuil ne pense plus qu'à soigner son ami.
– Que je suis content de te revoir, mon petit Pinson !
Écureuil fait du feu. Il prépare une tisane sucrée.
Pinson commence à se réchauffer.

C'est une vie nouvelle qui commence pour les deux amis.
Écureuil a donné son lit à Pinson.
Le matin, ils font le ménage ensemble.
Ils jouent, ils chantent toute la journée.
Ils sont si heureux qu'ils trouvent l'hiver trop court.

Et voilà le printemps. Qu'il fait bon revoir le soleil !
Les arbres ont mis des feuilles neuves.
Les oiseaux viennent écouter Pinson qui chante :
Voilà les beaux jours ! Réjouissez-vous ! Travaillez gaiement !

Cui, cui ! Oui, oui ! Chante !

Chante encore ! Chante, Pinson !

Un singe bien attrapé

D'après un conte indien, illustrations de Betty Bone

Du haut d'un arbre, un singe observait les environs.
Son regard tomba sur un verger de pêchers, situé juste de l'autre côté de la rivière.
À la vue des beaux fruits sucrés, l'eau lui vint à la bouche.
« Si seulement je pouvais les attraper ! pensa-t-il. Mais comment traverser la rivière ? »

En observant les alentours, il constata qu'à côté du verger s'étalait
un magnifique champ de cannes à sucre.
« J'ai trouvé », se réjouit-il, et il dégringola de son arbre.

Le singe alla trouver son compère le chameau.
– Compère, lui dit-il, où que j'aille, je pense toujours à toi...
J'ai découvert un champ de cannes à sucre qui ferait tes délices.
– Où se trouve ce champ ? demanda le chameau, alléché.
– Il faut traverser la rivière et après prendre à droite, puis aller encore tout droit et tourner à gauche. Tu verras alors le champ sur ta droite.
– Oh ! là, là ! Jamais je ne me souviendrai de tout ça, s'inquiéta le chameau. Voudrais-tu avoir la gentillesse de m'y conduire ?
– Mais avec plaisir, répondit le singe, seulement, je ne peux pas traverser la rivière, je ne sais pas nager.
– Qu'à cela ne tienne, je sais nager, moi, dit fièrement le chameau. Je te porterai sur mon dos jusqu'à l'autre rive.

Le singe grimpa donc sur le dos du chameau et traversa la rivière, confortablement installé entre les deux bosses de son compère.

Quand ils furent arrivés au champ de cannes à sucre, le singe dit au chameau :
– Compère, tandis que tu restes ici, je vais aller du côté du verger de pêchers. Ainsi, je pourrai guetter les environs. Je crains que le gardien ne vienne te surprendre.
– Tu es bien aimable, dit le chameau, et je ne sais pas comment je pourrais te remercier.

Sans même attendre que le chameau commence à manger, le singe partit en courant jusqu'au verger.
Il grimpa sur le premier pêcher rencontré et se jeta sur les pêches.
Il se les fourra l'une après l'autre dans la bouche.
Comme elles étaient sucrées, comme elles sentaient bon !
Il en avait le menton tout dégoulinant de jus poisseux.

Quand il eut le ventre bien rempli, le singe retourna au champ de cannes à sucre.
Le chameau continuait à brouter et à se régaler.
– Nous devrions rentrer, maintenant, dit le singe.
– Attends encore un petit moment, demanda le chameau.
– J'aimerais mieux que l'on s'en aille, insista le singe.
– J'arrive, un peu de patience... pleurnicha le chameau.
– Si tu ne viens pas tout de suite, j'appelle le gardien, menaça le singe.
– N'en fais rien, je te prie, il me battrait ! protesta le chameau.
– Et pourtant je vais l'appeler ! dit méchamment le singe.

Le singe se mit alors à crier à pleins poumons :
– Holà, le garde ! Viens vite ! Il y a un chameau dans tes cannes à sucre !
Si tu ne viens pas, il va tout dévorer !
– Tu es fou ou quoi ? s'étonna le chameau.

Le singe ne répondit rien et courut vers la rivière, tout en continuant à hurler.
Le gardien, qui s'était assoupi, fut réveillé par les cris. Il sortit de sa cabane,
se munit d'un bon gourdin et courut vers le champ de cannes à sucre.
Des coups se mirent à pleuvoir sur le dos du chameau.
Le malheureux prit ses pattes à son cou et courut de toutes ses forces vers la rivière.

Le singe attendait, tranquillement installé à l'ombre d'un buisson.

En voyant arriver le chameau tout meurtri, le singe prit une mine triste.
– Pauvre compère, gémit-il faussement. Pourquoi ne m'as-tu pas écouté ?
Pourquoi n'as-tu pas laissé ces cannes à sucre quand il était encore temps ?
Tu aurais évité cette bastonnade...
– Mais c'est de ta faute... Pourquoi as-tu appelé le gardien ?
– Moi, j'ai appelé le gardien ? s'étonna le singe, bon comédien.
– Qui d'autre l'a appelé, si ce n'est toi ! s'indigna le chameau.
– Tu as cru cela, compère, mais je t'assure que je n'ai pas crié, insista le singe.
– D'accord, tu n'as pas crié, et moi je n'ai pas reçu de coups de bâton,
j'ai seulement rêvé, déclara le chameau furieux.

Le singe se gratta un long moment la tête, puis reprit :
– Ma foi, c'est possible, après tout.
Je suis parfois si nerveux que je crie
sans trop savoir ni pourquoi ni comment.
C'est comme une maladie, je n'y peux rien.
– Ça va comme ça, dit le chameau, n'en parlons plus.
Monte sur mon dos, et rentrons.

Le singe, sans hésiter, grimpa et s'installa à nouveau entre les deux bosses du chameau, qui entra aussitôt dans la rivière.
Quand ils furent au milieu du courant, le chameau cria soudain :
– Je vais nager sous l'eau ! Je vais nager sous l'eau !
– Qu'est-ce qui te prend, compère ? s'inquiéta le singe. Et moi, que vais-je devenir ?
– C'est que je suis parfois si nerveux que je me mets à nager sous l'eau sans trop savoir ni pourquoi ni comment. C'est comme une maladie, je n'y peux rien, dit le chameau qui plongea sous la surface.
– Je vais me noyer ! Je me noie ! hurla le singe.

Par chance, la rivière était peu profonde.
Le singe prit un bon bain, mais parvint à s'en sortir.
Il avait reçu là une leçon bien méritée
pour sa malice et son ingratitude.

Le petit cheval et le vieux chameau

May d'Alençon, illustrations de Kersti Chaplet

C'était un petit cheval qui attendait l'heure du départ dans la cour de l'auberge.
Pour la première fois de sa vie, il allait traverser le Grand Désert.
Il était tout jeune, et si beau, si impatient ! Il savait trotter et galoper, et ruer, et caracoler !
Le Grand Désert ? Il n'en ferait qu'une bouchée !
Ses jolis sabots faisaient jaillir des étincelles, et tout le monde l'admirait :
– Regardez, regardez, c'est le petit cheval qui va traverser le Grand Désert !
Personne ne faisait attention au vieux chameau accroupi près du mur.
On lui avait jeté du foin et des fagots d'épines ; il mangeait, mangeait, mangeait...
Quand il eut fini, il se mit à boire, à boire, à boire...
Le petit cheval, en cabriolant, passa près de lui et s'arrêta :
– Mon pauvre chameau, lui dit-il, que tu es laid et sale, que tu as l'air fatigué !
Il va falloir que je voyage avec toi ? Je serai obligé de te porter !
Le chameau répondit tout en ruminant ; comme il avait la bouche pleine,
c'était difficile à comprendre. Cela ressemblait à :
– Nous verrons, nous verrons...

L'homme arriva : il sella le chameau, il le chargea de ballots et d'outres. Il grimpa sur son dos et donna le signal du départ. Le vieux chameau se souleva sur ses genoux osseux, tangua lourdement, affermit une patte, puis deux, et réussit à se mettre debout. Le petit cheval en piaffait d'impatience ! Passée la porte de l'auberge, c'était le Grand Désert. Le cheval devant, le chameau derrière, ils s'en allèrent vers l'horizon. L'un derrière l'autre, roc et sable, un pas après l'autre, sable et roc. Que c'était long ! Que c'était lent ! Le petit cheval piquait de temps à autre un galop pour se dégourdir les jambes, puis il revenait vers la piste :

– Mais tu n'as presque pas avancé, disait-il au vieux chameau. Ce n'est pas étonnant, tu t'y prends si mal ! Plie un peu plus les jambes, voyons : lorsque tu soulèves si brusquement tes deux gros pieds, il me semble toujours que tu vas t'effondrer ! Si j'étais l'homme, je ne resterais pas sur ton dos.

Sans répondre ni s'arrêter, le chameau avançait, se balançant toujours de droite à gauche et de gauche à droite ; malgré ce roulis, l'homme s'était assoupi tranquillement. Comme le petit cheval se sentait léger et rapide ! Il fila en flèche vers le sommet d'une colline : de là-haut, il découvrirait l'horizon !

Soudain, une douleur aiguë sous le sabot arrêta net son élan : il s'était coupé sur un caillou tranchant. Il rejoignit les autres en boitillant.
L'homme, en le voyant, fronça les sourcils : le petit cheval baissa la tête et secoua un peu les oreilles. Il ne quitterait plus la piste : promis !
Et ils continuèrent, le chameau devant, le cheval derrière, trottinant comme il pouvait.
Le petit cheval trouvait, maintenant, que le chameau allait bien vite.
Il avait tellement soif ! Il ouvrait la bouche pour chercher un peu d'air, mais l'air était brûlant et lui desséchait le gosier.
Le vieux chameau, alors, cligna de l'œil, et s'arrêta. L'homme prit une outre pour faire boire le petit cheval : le petit cheval but l'eau jusqu'à la dernière goutte.
Le chameau, lui, avait bu avant de partir.

Le soleil avait monté, depuis l'aube. Il était juste au-dessus de leur tête. Et il tapait dur !
Le ciel était éblouissant comme de l'argent fondu. Ils s'en allaient tous trois vers le grand horizon qui vibrait dans la chaleur. Le petit cheval avait de plus en plus mal à la tête : à chaque pas, il sentait dans son front comme un coup de marteau.
Il crut voir le ciel fourmiller d'étincelles bleues et vertes, puis tout devint noir : il hésitait, tâtonnait, zigzaguait...

Le chameau comprit que le petit cheval souffrait d'un coup de soleil.
Sans rien dire, il cligna de l'œil et s'accroupit. Le petit cheval vint s'étendre contre son flanc, abrita sa tête à l'ombre d'une bosse et ferma les yeux. Sur son front brûlant, il sentit une caresse humide : le vieux chameau léchait de sa langue râpeuse son petit compagnon.
Ainsi attendirent-ils le soir violet, qui rafraîchit les voyageurs.
L'homme fit pétiller un feu pour réchauffer ses mains.
Puis vint la nuit, claire et froide, la nuit immense du Désert.

Ils repartirent à l'aube, le chameau devant, le cheval dans son ombre.
L'un contre l'autre, roc et sable... Un pas après l'autre, sable et roc.
Et le voyage dura des jours et des jours.

Un matin, le soleil se leva triste et sans rayons : on aurait dit une vieille pièce de cuivre.
Le vent accourut des profondeurs du Désert, rugissant, sifflant et soulevant
des millions de grains de sable qui piquaient la peau comme des aiguilles.
Les voyageurs, aveuglés, bousculés, pouvaient à peine tenir debout. Il fallut s'arrêter.
L'homme descendit du chameau et s'enveloppa dans son manteau.
Le chameau ne bronchait pas. Il tenait la tête droite dans la tempête.
Qu'il était beau, alors : un navire à la proue dressée, une forteresse solide, un abri sûr !
Le petit cheval vint se réfugier contre lui et cacha ses naseaux fragiles dans le poil épais.
Tout autour d'eux, le Désert mugissait. Mais le petit cheval n'avait plus peur.
Il écoutait, contre son oreille, battre le grand cœur tranquille du vieux chameau.
Rassuré et confiant, il s'endormit.

La tempête passée, ils se secouèrent et repartirent.
La piste était effacée, mais le chameau sut la retrouver.

Enfin, un jour, parut au loin le pays des vertes collines.
Une rivière pâle coulait près des tentes de peaux couvertes de toiles blanches.
Les troupeaux broutaient. Le petit cheval et le vieux chameau pressèrent le pas.
Le petit cheval se pencha sur la rivière et ne se reconnut pas.
C'était donc lui, cette bête grise et sale, au poil collé par la poussière ?
Dans l'eau vint se refléter, à côté de la sienne, la tête du vieux chameau.
Il mâchonnait, toujours pareil à lui-même. Il fit au petit cheval un clin d'œil amical.
Le cheval releva la tête et regarda le vieux chameau.
Il ne vit plus la lippe, ni les vilaines dents, ni le poil jaune.
Il vit les grands beaux yeux, le front dur, l'allure fière.
Un solide, un fameux compagnon, pour traverser le Grand Désert !
– Chameau, dit-il, cher vieux chameau, sans toi, jamais je ne serais arrivé jusqu'ici.
Je ne connaissais pas le Grand Désert. L'homme m'a donné du sel, veux-tu en lécher un peu ?
Le chameau s'arrêta de ruminer et parla :
– Eh ! petit cheval, tu sais donc que je l'aime beaucoup ? Tu n'es pas aussi étourdi que
tu en as l'air ! Viens, nous le partagerons, ce sel, comme deux vieux camarades du Désert.

La fille d'or et la fille de cendres

Raconté par Robert Giraud et Albena Ivanovitch-Lair, d'après un conte bulgare, illustrations de Claire Degans

Un couple avait une fille et c'était sa seule richesse.
Mais la mère mourut et le père se remaria avec une femme qui, elle aussi, avait une fille. Malheureusement, cette femme était méchante et sa fille aussi.
La marâtre détesta sa belle-fille et résolut de la faire disparaître.
Un jour, elle fit cuire une galette bien ronde et la tendit à son mari :
– Tu iras en forêt avec ta fille, lui commanda-t-elle. Tu lui diras que tu connais un jeu très amusant. Tu choisiras une pente bien raide, tu monteras tout en haut, tu feras rouler la galette vers le bas et tu enverras ta fille la chercher.
Pendant qu'elle ira, tu rentreras seul à la maison.

Le mari ne sut pas lui refuser et, tout triste, il partit en forêt avec sa fille.
Il fit rouler la galette du haut d'un coteau, dit à l'enfant d'aller la ramasser et, le cœur gros, repartit chez lui.
La fille remonta sur le coteau et, ne trouvant pas son père, fondit en larmes.
Pour calmer sa faim, elle mangea la galette,
puis elle partit au hasard à travers l'immense forêt.

Bientôt, la fillette aperçut une cabane isolée. Elle alla frapper à la porte et supplia :
– Je me suis perdue dans la forêt. Aidez-moi, je vous prie !
Une voix de femme âgée lui répondit :
– Si tu es un garçon, passe ton chemin. Si tu es une fille, je t'ouvrirai.
– Je suis une fille.
– Eh bien, viens !
La vieille la fit entrer et lui expliqua :
– Je veux bien t'accueillir chez moi, mais, quand je partirai dans la forêt, tu devras t'occuper du ménage et nourrir mes bêtes.

Le lendemain, la vieille s'en alla comme elle l'avait dit, et la fille se mit à l'ouvrage.
Elle fit les lits, balaya et rangea la pièce.
Puis elle entendit poules, oies et canards caqueter :
– Nous avons faim ! Nous avons faim ! Donne-nous à manger !
Elle fit mijoter une bouillie bien épaisse et les animaux de la basse-cour s'en régalèrent.
Comme il lui restait du temps, elle fabriqua des colliers avec des perles et les passa au cou des volailles, qui se pavanèrent. Dès que la maîtresse de maison fut de retour, les bêtes coururent à sa rencontre :
– Regarde-nous, maîtresse, lui lancèrent-elles fièrement.
Vois comme la gentille fille nous a parées
et comme notre petit ventre est bien rond !

Le jour d'après, la vieille emmena la fille en forêt.
Elles arrivèrent à une rivière et la vieille dit :
– Je suis un peu lasse, je vais m'étendre et faire un somme.
Toi, observe bien la rivière. De temps en temps, elle change de couleur.
Quand elle deviendra jaune, tu m'éveilleras.
La fille s'assit bien sagement sur la berge. Sous ses yeux, le flot argenté passa au rouge, puis au jaune.
La petite, aussitôt, avertit la vieille. Celle-ci lui dit :
– Je vais te plonger dans la rivière, tu y attraperas ce que tu y verras de jaune.

La vieille saisit la fillette par les cheveux avec une force surprenante et la plongea dans le courant.
La fille ouvrit grand les yeux et aperçut au fond de l'eau un coffre jaune.
Elle s'en empara et, aussitôt, la vieille la tira sur la rive et lui dit :
– Tu m'as bien servie et tu as pris soin de ma basse-cour. En récompense, tu rapporteras chez toi ce coffre. Je vais t'indiquer le chemin.

La fille remercia la vieille et se mit en route.
Comme elle approchait du village, elle fut surprise d'entendre le coq clamer :
– Oh, la fille d'or ! Voilà une fille rayonnante comme le soleil qui nous revient ! Quelle joie !
En effet, l'eau jaune de la rivière l'avait revêtue d'une mince couche d'or.

La marâtre fut bien contrariée de voir de retour la fille de son mari, et encore plus belle qu'avant. Son plan avait échoué. Le père, au contraire, était ravi de retrouver sa fille et ne se lassait pas de l'admirer. La fille ouvrit son coffre : il était rempli de pierres précieuses, de bijoux et de pièces d'or. Elle raconta qu'elle avait trouvé l'hospitalité chez une vieille femme qui l'avait aidée à récupérer ce coffre au fond d'une rivière.
La marâtre se tourna alors vers son mari :
– Je veux que ma fille elle aussi revienne chargée d'or. Conduis-la dans la forêt pour qu'elle aille trouver la vieille et reçoive d'elle un coffre plein de richesses.

Son mari, donc, emmena sa belle-fille sur le coteau et l'y laissa.
L'enfant tourna, vira et finit par apercevoir la cabane.
La vieille femme l'accueillit et lui expliqua qu'en son absence, elle devrait mettre la maison en ordre et nourrir les bêtes de la basse-cour.

Le lendemain matin, la vieille partit en forêt. Une fois seule, la fille se dit :
« Elle va se promener en me laissant tout le travail ! Qu'elle ne compte pas sur moi pour le faire ! »
Elle resta donc au lit à ne rien faire.
Les volailles l'appelèrent, mais elle leur cria :
– Taisez-vous ! Vous me cassez les oreilles.
Et comme les bêtes affamées criaient de plus en plus fort, elle leur prépara vite une bouillie et la versa encore brûlante dans le gosier des volailles.
Au retour de la vieille, les animaux se précipitèrent vers elle en pleurant :
– Pitié, maîtresse, ne nous laisse plus avec cette fille ! Elle nous a fait mourir de faim ! Elle nous a brûlé la gorge.

En pénétrant dans la cabane, la vieille vit tout de suite que la maison était sale et en désordre. Cependant, elle ne fit aucune remarque à la fille et alla se coucher.

Le jour suivant, la vieille emmena l'enfant dans la forêt.
Une fois au bord de la rivière, elle lui dit :
– La marche m'a fatiguée, je vais me reposer un peu.
Observe bien la couleur de l'eau. Dès qu'elle deviendra noire, tu me réveilleras.

Les eaux passèrent au rouge puis au noir. La fille secoua aussitôt la vieille.
Celle-ci la prit par les cheveux et la plongea dans l'eau,
après l'avoir avertie de prendre ce qu'elle verrait de noir sur le fond.
La fille ressortit avec un coffre tout noir, demanda à la vieille comment
rentrer chez elle et partit sans même lui dire au revoir ni merci.
Quand elle quitta la forêt, le soleil se cacha derrière un gros nuage sombre et,
à l'entrée du village, le coq lança de sa voix forte :
– Oh, la fille de cendres ! Qu'est-ce que c'est que cette fille noire
qui fait fuir le soleil ? Malheur à nous !
La fille, surprise, regarda ses bras, ses jambes : ils étaient couverts de boue noire.
Et, à la maison, quand elle ouvrit le coffre, il s'en échappa des serpents, des crapauds,
des rats et des araignées.

Le père et sa fille s'enfuirent en criant, et les villageois, effrayés,
se hâtèrent de chasser la fille de cendres et sa mère.
Dès qu'elles furent parties, le soleil revint.
Le père et la fille d'or rentrèrent chez eux.
Ils n'avaient plus personne à craindre et,
avec les richesses pêchées dans la rivière,
ils pouvaient vivre heureux
jusqu'à la fin de leurs jours.

Épaminondas

Raconté par Odile Weulersse, d'après Sarah Cone Bryant, illustrations de Kersti Chaplet

Le premier chant du coq réveille Épaminondas. Il s'assied sur sa natte, attache son pagne et met un chapeau sur sa tête. Épaminondas pend à son épaule un léger sac en bandes de coton et ouvre la porte de la hutte en disant :

– Passe une bonne journée, ma mère.

– Salue ta marraine de ma part et tire bien les seaux du puits.

– Ne t'inquiète pas, je serai aussi fort que le général Épaminondas dont tu m'as donné le nom.

Au lever du jour, oiseaux et animaux reprennent joyeusement leurs conversations, et la brousse se remplit de chants et de cris. Épaminondas avance pieds nus sur la terre rouge, à travers les hautes herbes qui fouettent le visage.

À l'heure où le sol commence à brûler la plante des pieds, il s'arrête à l'ombre d'un grand baobab qui s'élève près de la première case d'un village.

Là, il prend sa flûte et joue quelques notes.

Sa marraine apparaît sur le seuil de la case. Sa marraine n'est pas n'importe qui : elle pèse cent kilos, s'habille avec trois boubous superposés et porte un turban sur sa tête ronde.
En apercevant le petit garçon, elle sourit de toutes ses dents, belles et blanches comme l'ivoire.
– Bonjour, Épaminondas. Tu es le bienvenu.
– Bonjour, Marraine Ba, que la paix soit sur toi ! Je te donne le salut de ma mère.
– Je te remercie pour tes bonnes paroles et d'être venu remplir mes jarres.

Épaminondas saisit derrière la case une grande jarre de terre cuite et s'achemine vers le puits du village. Plusieurs femmes font la queue, et Épaminondas attend son tour.
Lorsque sa jarre est pleine, il la soulève et la pose sur sa tête.
Il revient sept fois, remplit sept grandes jarres pour les sept jours de la semaine et, suant et soufflant, pénètre dans la case.
La lourde marraine, dans sa chaise de repos, lui dit :
– Tu as affronté la chaleur du soleil. Maintenant bois, mange et repose-toi.

Épaminondas se désaltère de lait au miel,
croque une galette de mil,
quelques dattes et s'allonge sur la natte.
– Maintenant dors, mon enfant,
c'est l'heure de la sieste.
Dans la bonne odeur de sa marraine
et le doux bruit de ses soupirs,
Épaminondas s'endort.

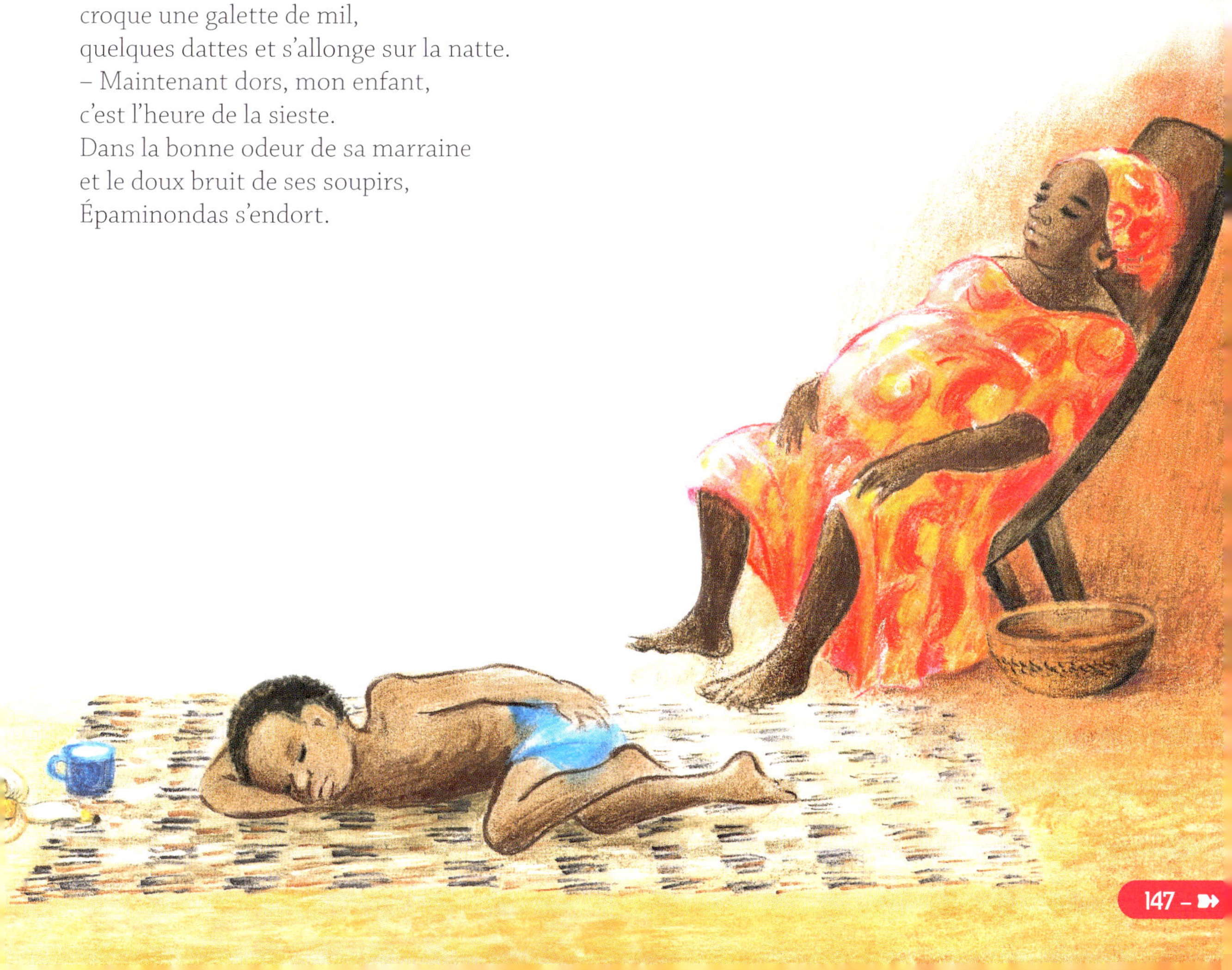

Après la sieste, pour le remercier, Marraine Ba lui donne une friandise appétissante.
– Voilà un morceau de gâteau à la noix de coco que tu ramèneras dans ta maison.
– Je te dis merci et vais le mettre dans mon sac.
– Ce n'est pas une bonne idée, mon garçon, il s'abîmera dans ton sac.
Il vaut mieux que tu le tiennes bien serré dans ta main.
En chemin, Épaminondas suit exactement les conseils de sa marraine et serre de toutes ses forces la friandise. Ses cinq petits doigts font de grands trous dans le gâteau, la pâte s'effrite en miettes qui s'égrènent sur le sol, et la crème de noix de coco se répand sur sa main en longues traînées poisseuses.

En le voyant arriver, sa mère pose son pilon, met ses mains sur les hanches et écarquille les yeux :
– Épaminondas, que m'apportes-tu là ?
– Un bon gâteau à la noix de coco que m'a donné ma marraine.
Sa mère hoche la tête :
– Épaminondas, Épaminondas ! Qu'as-tu fait du bon sens que je t'avais donné à la naissance ? Pour porter un morceau de gâteau, tu l'enveloppes dans du papier fin, le mets dans ton chapeau et poses le chapeau sur ta tête. As-tu bien compris ?
– Oui, Maman.

La semaine suivante, Épaminondas retourne chez sa marraine.
Il fait tellement chaud que les feuilles du baobab pendent tristement, et que Marraine Ba n'a pas la force de quitter sa chaise de repos.
Épaminondas entre donc et s'incline :
– Bonjour, Marraine Ba.
– Tu es parti de chez toi et tu es venu par cette grande chaleur !
Je t'en remercie, car mes jarres sont vides.
Épaminondas part remplir les sept jarres, puis revient boire du lait au miel et manger des galettes fourrées de dattes.
– Rends-moi service, mon petit, demande la marraine.
Évente-moi car il fait si chaud que je n'arrive pas à m'endormir pour la sieste.
Épaminondas prend un rond de paille et l'agite devant le visage parfumé de sa marraine. Quand elle sourit de bien-être, il se couche à son tour sur une natte.

À son réveil, Marraine Ba lui donne un gros morceau de beurre et lui dit :
– Fais-y bien attention pendant le voyage.
– Ne t'inquiète pas, Marraine Ba, je suis un garçon très obéissant.
Une fois sorti du village, Épaminondas prend dans sa sacoche le papier fin qu'il avait emmené, dépose le beurre dans le papier, le papier dans son chapeau et le chapeau sur sa tête. Et, comme il fait très, très chaud, le beurre ramollit et se met à fondre.
Des petits ruisseaux jaunes dégoulinent sur les cheveux, sur le front, sur le bout du nez, et tombent même sur les pieds d'Épaminondas.
En le voyant arriver, sa mère pose son fagot de bois, met ses mains sur les hanches, écarquille les yeux :
– Épaminondas ! Que m'apportes-tu là ?
– Du beurre bien frais que m'a donné Marraine Ba.
– Épaminondas, Épaminondas ! Qu'as-tu fait du bon sens que je t'avais donné à la naissance ?
Pour transporter du beurre, tu dois l'envelopper dans de larges feuilles fraîches et, le long du chemin, le tremper souvent dans l'eau d'un puits ou d'une mare.
As-tu bien compris ?
– Oui, Maman.

La semaine suivante, une violente pluie tombe pendant la nuit, transformant la terre en boue. Pourtant, Épaminondas se dépêche, pressé de connaître le cadeau que sa marraine lui offrira. Dès qu'il arrive au pied du grand baobab, il crie :
– Bonjour, Marraine Ba ! Je te souhaite le bon matin.
La marraine n'a pas fini de s'habiller et sort de la case vêtue d'un sous-boubou blanc. Elle sent bon le parfum haoussa et sourit de ses belles dents blanches.
– Bienvenue, mon garçon ! Tu sais honorer ta marraine par de bonnes paroles. Pendant que tu rempliras mes jarres, j'irai faire une course.
Elle enfile ses sandales et s'éloigne.

Épaminondas va sept fois au puits. Ensuite, il entre dans la case, boit, mange et attend le retour de sa marraine. Il grille de curiosité. Il écoute les bruits du village : coups de pilon, voix qui rient et bavardent, bêlements de chèvres… et soudain un aboiement plaintif, tout proche.
Alors Marraine Ba apparaît, tenant un petit chien blanc dans ses bras.
– C'est pour toi, dit-elle.
– Merci, merci ! s'exclame Épaminondas, je te dis cent fois merci.
– Tu feras attention à ne pas le fatiguer pendant le voyage du retour.
– Sois tranquille.

Dès que le village a disparu derrière les arbres, Épaminondas cueille une grande feuille de bananier dans laquelle il enveloppe le petit chien. Il attache soigneusement le paquet avec des lianes et délicatement le trempe dans l'eau de la première mare rencontrée. Le petit chien boit la tasse, s'étouffe, hoquette, tremblote, son poil est trempé, sa queue pendouille tristement et ses yeux sont gonflés et rougis.

– Épaminondas, que m'apportes-tu là ? demande sa mère.
– C'est un petit chien que m'a donné Marraine Ba.
– Épaminondas, Épaminondas ! Qu'as-tu fait du bon sens que je t'avais donné à la naissance ? Pour ramener un petit chien, tu le poses par terre, tu prends une longue corde, tu attaches un bout de la corde au cou du chien et tu tires avec l'autre bout… comme ça. As-tu bien compris ?
– Oui, Maman.

Une semaine plus tard, le vent balaie la plaine.
Quand Épaminondas arrive devant la case de sa marraine, son corps et son visage sont gris de poussière.
– Mon garçon, n'apporte pas dans ma case la poussière de la brousse.
Avant de remplir la première jarre, tu te verseras un seau d'eau sur la tête.
Après la sieste, Marraine Ba lui donne de belles galettes.
– Fais bien attention à ce pain qui est encore tout chaud, tout doré, tout croustillant.

Dès qu'il rejoint la brousse, Épaminondas pose les galettes par terre, saisit une liane qui pend à un palmier, l'attache d'un côté aux galettes et de l'autre la serre dans sa main en tirant… comme ça.
Et les galettes traînent dans la poussière, se fendillent, s'écornent, s'émiettent et deviennent une petite boule sale au bout de la liane.

En voyant arriver son fils, la mère écarquille les yeux et s'exclame :
– Épaminondas, que m'apportes-tu là ?
– Du pain tout doré, tout croustillant que m'a donné ma marraine.
– Épaminondas, tu n'as pas de bon sens et tu n'en auras jamais !
Dorénavant j'irai remplir les jarres chez ta marraine.

La semaine suivante, pendant que le coq chante le lever du jour, Épaminondas reste couché sur sa natte, la tête à moitié cachée sous sa couverture. D'un œil, il regarde sa mère qui pose un grand voile sur sa tête et enfile ses sandales. Elle se dirige vers le four, en sort six pâtés qu'elle dépose sur le pas de la porte. Avant de partir, elle se retourne et explique à son fils :
– Je mets les pâtés ici à refroidir. Aussi, quand tu sortiras, tu feras bien attention en passant dessus. As-tu bien compris ?

Lorsque sa mère a disparu, Épaminondas se lève, attache son pagne et se dit :
« Je vais être très obéissant et faire bien attention en passant sur les pâtés. »
Avec une extrême attention, Épaminondas pose fermement un pied, puis l'autre, sur chaque pâté.

Lorsque sa mère découvre les six pâtés soigneusement écrasés sur le seuil de la case, sa main alors se remplit de gifles.
Épaminondas ouvre de grands yeux effrayés.

Au crépuscule, Épaminondas met dans son sac quelques coquillages, s'éloigne de la case et marche longtemps dans la brousse à la lumière des étoiles. Arrivé au sommet d'une colline, il s'incline devant un vieux sorcier, assis sous un fromager.

– Sois le bienvenu, dit le sorcier. Qu'est-ce qui t'amène au milieu de la nuit ?

– Je viens te demander la parole qui dit la vérité et t'offre ces coquillages pour faire un collier.

– Que veux-tu savoir ?

– Je veux savoir pourquoi, alors que je suis toujours très obéissant, je me fais toujours gronder par ma mère.

Et il raconte ses dernières aventures. Lorsque le sorcier eut entendu les malheurs d'Épaminondas, sa bouche se remplit de rires.

– Qu'as-tu dans la caboche, mon garçon ? À quoi te sert d'avoir des yeux sur le devant de la figure si tu ne sais pas utiliser ton bon sens ? Le rusé renard revient-il dans le poulailler dont il a déjà mangé les poules ?

Et, comme Épaminondas le dévisage d'un air stupéfait, il ajoute :

– Ne cherche plus à obéir sans réfléchir. C'est à chacun de trouver comment il doit agir. Maintenant va en paix, le cœur tranquille et l'esprit éveillé.

Un si gros mensonge

D'après un conte du Tibet, illustrations de Ronan Badel

Il était une fois, dans un pays d'Asie, deux voisins nommés Yéché et Kunga.
Un jour, Yéché fut obligé de partir en voyage. Il alla trouver son ami Kunga et lui dit :
– Je dois quitter ma maison pour quelques jours, et je crains, qu'en mon absence, l'on vienne voler ma jarre contenant mes économies en pièces d'or. Pourrais-tu avoir l'obligeance de me garder cette jarre ?
– Volontiers, répondit Kunga.
Quand Yéché fut parti, Kunga prit la jarre et en déversa le contenu sur le sol pour se réjouir de la vue des pièces d'or. Comme elles étaient belles !
Comme elles brillaient et comme elles tintaient !
Kunga caressait les pièces et les regardaient sans cesse. Il n'arrivait pas en détacher son regard, et il comprit qu'il aurait bien de la peine à s'en séparer.

« Après tout, se dit-il, Yéché en a moins besoin que moi. »
Il cacha les pièces d'or et remplit la jarre de sable.

Dès son retour, Yéché vint récupérer sa jarre.
– Mon cher ami, il s'est passé une chose terrible en ton absence, lui annonça aussitôt Kunga, le visage consterné. Imagine-toi que, le lendemain de ton départ, toutes tes pièces d'or se sont changées en sable.
– C'est un fait bien étrange, répondit Yéché. Jamais je n'ai entendu parler d'une chose pareille.

Yéché n'était pas dupe : il n'avait pas cru un mot de ce que venait de lui raconter son ami. Mais que pouvait-il faire ? Il prit la jarre remplie de sable et rentra chez lui sans rien ajouter.

Quelques semaines plus tard, ce fut au tour de Kunga de devoir s'absenter. Mais il était veuf et se faisait du souci à l'idée de laisser seuls à la maison ses trois enfants encore bien jeunes. À qui les confier ?
Alors il alla trouver son voisin Yéché et le pria de garder ses petits durant les quelques jours de son absence.
– Tu peux les laisser chez moi, dit Yéché, je veillerai sur eux comme sur mes propres enfants. Pars sans inquiétude.

Après le départ de Kunga, Yéché se rendit au marché où il acheta trois jolis petits singes. Il les ramena chez lui et leur apprit à répondre aux prénoms des enfants et à faire chacun une action précise.
Au plus âgé, Sônam, il apprit à fermer la porte.
Au moyen, Padma, il montra comment balayer la chambre.
Enfin, au plus petit des trois, Lhamo, il enseigna l'art de servir le thé.

Le matin du retour de Kunga, Yéché emmena les trois enfants de son voisin dans la montagne et les installa dans une petite cabane.
Il leur dit d'attendre sagement ici pour faire une surprise à leur père.
Tous deux reviendraient bientôt les chercher.
Puis il rentra chez lui, impatient de revoir son voisin.

Dès son arrivée, la première question de Kunga fut de demander où étaient ses enfants.
– Mon cher ami, il s'est passé une chose terrible en ton absence, se lamenta Yéché, et des larmes grosses comme des petits pois coulaient sur son visage.
Je dois t'annoncer une nouvelle épouvantable. Imagine-toi que le lendemain de ton départ, en me levant, je suis resté figé de stupeur…
Tes enfants s'étaient changés en singes !
– Ce n'est pas possible ! se lamenta Kunga, la gorge serrée de frayeur.
– C'est pourtant vrai, tu le verras bien toi-même, dit Yéché sur un ton lugubre.

– Sônam, où es-tu ? Viens fermer la porte, je te prie ! appela Yéché.
Et le premier des singes accourut aussitôt fermer la porte...
En voyant l'animal, Kunga n'eut plus une goutte de sang dans les veines.

Yéché appela à nouveau :
– Padma, s'il te plaît, viens donner un coup de balai !
Le deuxième singe prit lestement le balai et se mit à balayer le plancher...
– Hélas, il en est bien ainsi ! Mon second fils a aussi disparu ! constata Kunga, accablé.

Yéché appela une dernière fois :
– Lhamo, s'il te plaît, apporte-nous un peu de thé !
À ces mots, le troisième singe jaillit de la cuisine, apportant sur un plateau une théière fumante...
– J'ai perdu mes trois fils ! gémit Kunga, pâle comme un mort.

Kunga était désespéré.
– C'est terrible, dit-il, jamais je n'aurais cru que des enfants puissent se changer en singes !
– C'est tout aussi possible que des pièces d'or qui se changent en sable, dit Yéché d'un ton détaché.

– Mais voilà, cher ami, avoua Kunga sur un ton de grande humilité, c'est que ton or, à vrai dire, ne s'était pas changé en sable ! C'est moi qui l'ai gardé...
– J'aime te l'entendre dire, répondit Yéché, et il faut que je te confesse, cher ami, que tes enfants ne sont pas plus devenus des singes que mon or n'était devenu du sable !

Alors Kunga courut chez lui et rapporta l'or à son propriétaire.
Tous deux se rendirent à la cabane de la forêt, où les trois garçons sautèrent dans les bras de leur père heureux de les retrouver sains et saufs.
Les deux voisins s'embrassèrent et se jurèrent de ne plus jamais à l'avenir se jouer de mauvais tour !

Blancheline

Texte et illustrations d'Albertine Deletaille

– Non ! Je ne veux pas te regarder, dit Blancheline au gros chien, ta figure me fait peur.
Le chien veut jouer. Il renverse la caisse, la petite porte s'ouvre et Blancheline s'échappe.
« Oh ! il va m'attraper ! Comment me sauver ? »

Vite elle se glisse, toute menue, entre les barreaux de la clôture.
Le chien, lui, ne peut pas passer par là, il est trop gros.

Blancheline court… court et court…
Elle traverse des champs couverts de neige.

Enfin elle s'arrête et regarde derrière elle.
« Plus de chien ? Comme tout est loin !
C'est si grand que ça, le monde ?
Je peux courir où je veux ?
Et aussi longtemps qu'il me plaît ?
Je suis fatiguée. C'est la première fois !
Maintenant je me repose…
Comme c'est bon de se reposer ! »

Arrive un lapin de garenne.
Il s'arrête, étonné.
« Un lapin tout blanc ? Ça existe vraiment ?
C'est bien joli. »

– Bonjour, petit lapin blanc !
– Bonjour… lapin tout brun. Moi, je m'appelle BLANCHELINE.
J'ai un peu faim. Avez-vous des croûtes de pain ?
– Croûtes de pain ? Quelle drôle de chose !
Moi, je m'appelle BRUN DE GARENNE. Vous avez faim ?
Venez ! Il y a là-bas un chou à peine rongé, nous allons le partager.
– C'est bon, ça croque, c'est frais ! dit Blancheline.
Seulement, j'ai les pattes mouillées, et j'ai froid.
Avez-vous de la paille bien sèche pour me réchauffer ?
– Paille bien sèche ? Quelle drôle de chose ! Vous avez froid ?
Vous êtes mouillée ? Mon terrier n'est pas loin.
– Un terrier, c'est quoi ?
– C'est ma maison, il y fait bon. Venez, nous y serons bien.

Par petits bonds, Blancheline suit son ami.

– Attention ! Le renard ! Il va nous manger !
crie Brun de Garenne. Vite, vite,
courons au terrier !
– Encore courir ? Je n'en peux plus !
Est-ce que rien ne va me sauver ?

Blancheline se fait toute petite. Elle a peur, elle ferme les yeux.

Le renard s'élance derrière Brun de Garenne qui court vers son terrier, *hop ! hop ! hop !*
Il y entre, il est sauvé !

– Raté ! soupire le renard.
Il s'éloigne sans voir Blancheline, petite boule blanche comme neige, immobile dans un creux.

Dans son terrier, Brun de Garenne attend Blancheline.
Pourquoi ne vient-elle pas ? Il se risque hors de chez lui. Personne !
Le renard l'aura mangée ! Tristement, il s'avance en disant tout bas :

– Blancheline... Blancheline... Blancheline...
Brusquement, il sursaute ! Il a posé ses pattes sur une boule de neige... chaude ! et qui bouge ! et qui ouvre ses yeux rouges et qui dit :

– Lapin, vous marchez sur mon dos !

– Blancheline ! Vous êtes sauvée ? Le renard, lui aussi, vous a prise pour de la neige !

– Est-il parti vraiment ? J'ai encore peur.

– Vite, venez chez moi, nous y serons à l'abri.

– Oh ! oui. Je vous suis, Brun de Garenne, et je ne vous quitterai plus.

Tant que durent les grands froids, les deux lapins sortent peu.

Quand reviennent les beaux jours, qui se promène dans les herbes en fleur ?
Brun de Garenne ! S'il ne bouge pas, on le voit à peine.
Et Blancheline ? Où est-elle donc ?

– Je suis ici, au fond du terrier !
J'ai des petits très doux : un comme moi...
un comme lui, un comme lui et moi,
et un comme moi et lui.

Le calife cigogne

Wilhem Hauff, illustrations d'Étienne Morel

Assis sur un sofa, Khasid, le calife de Bagdad,
savourait son café à petites gorgées,
tout en fumant sa pipe de bois de rose.
Son grand vizir entra, l'air préoccupé :
– Tu sembles pensif, mon cher Mansour,
dit le calife, qu'as-tu donc ?
– Oh ! ce n'est rien, répondit Mansour.
Je viens de voir à la porte du palais
un marchand qui vend de bien belles choses,
mais je n'ai pas assez d'argent pour les acheter.
– Fais-le monter.

Le marchand était un petit homme gras, au teint sombre, habillé de loques.
Il portait une cassette remplie d'objets précieux.
Après avoir acheté plusieurs bibelots pour Mansour et pour lui-même, le calife remarqua que la cassette portait un tiroir, et demanda au marchand de l'ouvrir. Ce tiroir contenait un flacon de poudre noire et un rouleau de parchemin.

– Qu'est-ce que cela ? dit le calife.
– Je ne sais pas, répondit le marchand...
J'ai trouvé ce parchemin dans une ruelle
de La Mecque, et je n'ai pu le déchiffrer.
Je vous le céderai pour peu d'argent,
s'il vous intéresse.

Le calife, grand collectionneur de manuscrits,
acheta le tout.
Puis il fit appeler le vieux Sélim,
qui savait toutes les langues.

Sélim examina le grimoire et s'écria :
– Que je sois pendu si ce n'est du latin !
Et il traduisit :
« Que l'homme qui déchiffrera ces lignes glorifie Allah de la grâce qui lui échoit.
Celui qui prisera cette poudre en disant *Mutabor* se changera en tel animal qui lui plaira, et comprendra le langage des bêtes. Pour retrouver sa forme humaine, il devra s'incliner trois fois vers La Mecque en répétant *Mutabor.*
Mais qu'il prenne garde de rire pendant sa métamorphose, car il oublierait le mot magique et resterait animal. »

Le calife était enchanté.
Il ordonna à Sélim d'oublier
ce qu'il venait de lire,
et s'en fut avec son vizir
à travers la campagne.

Ils arrivèrent bientôt devant une mare.
Deux cigognes se promenaient sur ses bords en claquant du bec de curieuse façon.
– Je parie ma barbe, gracieuse Majesté, que ces deux oiseaux ont une conversation pleine d'intérêt !
– Voici l'occasion d'essayer la poudre magique, dit le calife.
Ils prisèrent une pincée de poudre, et crièrent ensemble :
– *Mutabor !*

Et voilà que leurs cous s'allongent, leurs jambes s'amincissent, grandissent, deviennent rouges, leurs bras se changent en ailes et leurs corps se couvrent de plumes !

– Vous avez un bien beau bec, Majesté, dit avec étonnement le grand vizir.
– Ah ! que tu es drôle ! dit le calife. Mais gardons-nous de rire. Allons plutôt voir si nous comprenons le langage des cigognes.

L'un des oiseaux s'adressait à l'autre du ton le plus aimable :
– Chère Longues-Pattes, me permettrez-vous de vous offrir cette cuisse de grenouille ?
– Merci, ma bonne Claque-Bec, mais je n'ai pas le temps de m'attarder. Il y a grand bal ce soir chez mon père, il faut que je répète une nouvelle danse.

Elle se mit à arpenter la prairie en se dandinant de façon si cocasse que, n'y tenant plus, le calife et son vizir éclatèrent de rire.
Quand ils eurent repris leur sérieux, le calife s'écria :
– Par le prophète ! Je n'ai pas envie de rester cigogne ! Tâche de te souvenir de ce maudit mot, je ne peux plus le retrouver...
– Voyons, dit Mansour... Il faut se tourner vers La Mecque, et dire... *Mu... mu... mu...*

Malheur et malédiction !
Le calife et son grand vizir avaient oublié la formule ! Ils étaient ensorcelés.
Tristement, ils se mirent à cheminer par les champs, ne sachant que faire.

Pendant des jours et des jours, ils marchèrent au hasard, se nourrissant d'herbes, de graines et de fruits sauvages (car les grenouilles et les lézards ne les tentaient pas).

Souvent ils survolaient la ville de Bagdad, et venaient même se poser sur le toit du palais.
De là, ils purent d'abord se rendre compte de l'inquiétude qu'avait causée leur disparition ;
puis ils assistèrent aux magnifiques fêtes que Bagdad fit au successeur de Khasid,
et celui-ci vit avec stupéfaction que le nouveau calife était Mizra,
le fils de son pire ennemi, l'enchanteur Cachenoure.
Khasid comprit alors d'où venait le maléfice...
Il décida d'entreprendre un pèlerinage à La Mecque, pour rompre l'enchantement, et s'envola avec Mansour vers la Ville Sainte.

Mais, leurs ailes n'étant pas exercées, la fatigue les obligea bientôt à s'arrêter.
Ils se posèrent sur un château abandonné.
Comme ils s'étaient glissés à l'intérieur d'une tour,
ils entendirent tout près d'eux un bruit de plaintes et de sanglots.

Poussant une porte du bec, le calife se trouva dans une chambre à peine éclairée par une petite fenêtre grillée, et aperçut une chouette qui pleurait de ses deux gros yeux ronds.
Elle essuya aussitôt ses larmes de son aile brune, et dit :
– Soyez les bienvenues ! On m'a prédit qu'une cigogne m'apporterait le bonheur !

Le calife lui fit le récit de son aventure.
– Nous sommes compagnons d'infortune, dit la chouette. Avant d'être telle que vous me voyez, j'étais la princesse Loussa. L'enchanteur Cachenoure m'a métamorphosée en chouette parce que je refusais d'épouser son fils Mizra. Je ne puis sortir de cet état que si un homme me demande en mariage.
La chouette essuya de nouveau ses yeux, car le récit de sa triste aventure avait provoqué de nouvelles larmes.

Le calife, ayant réfléchi profondément, dit :
– Nos malheurs semblent avoir des relations mystérieuses...
– Oui, répondit la chouette, et peut-être pourrons-nous, ensemble, trouver le secret de la délivrance ! Écoutez : le sorcier Cachenoure vient ici une fois par mois, dans la grande salle de ce château, pour y faire bonne chère avec des gens de son espèce. Il leur raconte généralement ses méfaits. Si vous pouviez l'entendre, peut-être prononcerait-il le mot magique que vous avez oublié...
– Oh ! chère princesse ! s'écria le calife, dites-nous vite où se trouve cette salle !

La chouette hésita un moment, puis elle dit :
– Ne pensez pas de mal de moi si j'y mets une condition, mais je ne veux pas rester oiseau de nuit ! Aussi je vous dirai ce que vous voulez savoir, si l'un de vous promet de m'épouser.

Le calife et son grand vizir se regardèrent, un peu inquiets.
Puis ils s'en allèrent à l'écart :
– Mansour, dit le calife, épouse-la !
– Oh ! dit le vizir, ma femme m'arracherait les cheveux quand je rentrerais à la maison !
Et puis, je suis vieux. Mais vous, Sire, vous êtes jeune et vous êtes libre...
– Et si elle est bossue, dit le calife.
Mais il avait tellement peur de rester cigogne toute sa vie, qu'il se décida à faire la promesse.

La chouette était ravie.
– Vous ne pouviez mieux tomber, dit-elle. C'est ce soir, en ce moment même, qu'a lieu le festin.

Et elle les conduisit à travers de longs couloirs sombres jusqu'à une vieille tenture qui laissait passer des rais de lumière sur ses bords.
Par une déchirure, ils purent apercevoir une grande salle entourée de colonnes, et éclairée par des lampes multicolores.
Autour d'une table basse, couverte de mets exquis, huit hommes étaient assis parmi lesquels le calife et Mansour reconnurent le marchand qui leur avait vendu la poudre magique.

Le repas s'achevait. Le marchand, qui n'était autre que Cachenoure, se mit à raconter à ses amis le mauvais tour qu'il avait joué au calife. Les magiciens rirent beaucoup, et l'un d'eux lui demanda :
– Quel mot leur avais-tu donné ?
– Un mot latin, bien facile à retenir pourtant : *Mutabor*.

Quand les deux cigognes entendirent ce mot, elles se mirent à courir de toute la vitesse de leurs longues pattes à la porte du château.
Alors, tournées vers La Mecque, elles s'inclinèrent trois fois en criant :
– Mutabor ! Mutabor ! Mutabor !
Le calife et son vizir se retrouvèrent dans les bras l'un de l'autre.
Ô merveille ! Ils étaient redevenus des hommes, et riaient et pleuraient tout à la fois.

Mais quelle fut leur surprise lorsqu'ils se retournèrent et qu'ils virent devant eux une jeune femme d'une grande beauté, richement vêtue, qui leur dit en souriant :
– Ne reconnaissez-vous pas votre malheureuse chouette ?
Le calife, ébloui par le charme et la beauté de la princesse, fut bien aise de s'être engagé à l'épouser.

Tous trois regagnèrent Bagdad.
Le peuple fit fête à son souverain retrouvé.
Cachenoure et son fils Mizra – changés à leur tour en cigognes
par la vertu magique – furent mis en cage.
Le calife épousa la princesse Loussa.
Le vizir retrouva sa maison,
sa femme et ses enfants.
Et tous, autant qu'on sache,
vécurent heureux et longtemps.

Bravo Tortue

Romain Simon et Paul François, illustrations de Romain Simon

Poussette est une tortue.
Sa maison est bien propre, son jardin bien ratissé.
Elle arrose ses salades deux fois par jour.

Vif est un lièvre.
Sa cabane n'est jamais balayée. Il n'a pas de jardin.
Quand il a faim, il court jusqu'à son champ
pour manger des carottes.

Vif s'amuse souvent à sauter
dans le jardin de Poussette.
Il piétine les salades, renverse l'arrosoir,
abîme tout sur son passage.
Et voilà qu'un jour, il renverse Poussette.

Elle n'est pas contente :
– En voilà assez, grand étourdi ! Je te défends de passer par mon jardin.
– Excusez-moi, Madame Poussette. Je suis pressé ! Je prends le chemin le plus court pour aller à mon champ.
– Pressé ! Tu perds ton temps à jouer et à courir de tous les côtés. Moi, si je voulais, avec mes petites pattes, j'y serais avant toi, à ton champ de carottes !
– Avant moi ! Vous me faites rire, Madame Poussette !
– Ah ! Je te fais rire ? Eh bien ! pas plus tard que demain, je te donne rendez-vous. Nous verrons qui de nous deux sera à la barrière jaune de ton champ avant le coucher du soleil !
– Ah ! ah... ! ah ! ah ! ah ! ah... !

– Pourquoi ris-tu comme un fou ? dit la loutre, qui revenait de la pêche.
– Oui, dis-nous ce qui te fait rire, ajoutent le renard et le blaireau, qui passaient par là.
Vif répond :
– Tenez-vous bien : Poussette vient de parier qu'elle serait demain à la barrière jaune avant moi !
– Il faudrait qu'elle prenne des échasses ! dit le renard.
Vif rit encore plus fort.

– Moquez-vous de moi tant que vous voudrez, mes amis, dit Poussette. Je ne vais pas bien vite, mais je ne perds pas de temps, moi.
– Nous verrons bien !
– Oui, oui, vous verrez qu'elle arrivera la première ! dit la souris.
– Bien sûr ! dit l'escargot.

Poussette rentre chez elle.
« Je vais d'abord remonter mon réveil, pour me mettre en route de bonne heure demain matin. Là, comme ça ! Et maintenant, je vais faire ma toilette. »

Poussette se lave, se couche, et s'endort.

Le lendemain : ***drinn !*** Poussette se lève.
Elle met dans son panier un croûton de pain, un morceau de fromage et une feuille de salade. La voilà en route avant le jour.

Dans sa cabane, Vif dort encore.
Il fait grand jour. Le soleil chauffe ses oreilles et le réveille.
Il se lave le bout du museau tout en grignotant une carotte.
« Je vais bien m'amuser ! Je vais laisser marcher Poussette toute la journée au soleil. Et, quand elle sera presque arrivée à la barrière, ***hop !*** en deux bonds je passerai devant elle. Allons voir où elle en est. »

Poussette a déjà traversé le bois.
Elle marche tout doucement.
Vif arrive en coup de vent : ses amis sont là.
Le renard lui crie :
– Reviens la semaine prochaine ! Tu arriveras encore avant elle.

Vif s'en va en riant.
Il gambade dans la campagne, s'arrête sous un chêne :
« Tiens ! des champignons ! Ce gros rouge-là fera mon dîner. »
Et il le met dans sa musette.

Il grimpe sur la colline pour s'amuser, rencontre ses cousins lapins,
joue à colin-maillard avec eux.
– Attrape-nous ! Attrape-nous ! crient les enfants lapins.

Mais il est midi. Vif commence à avoir faim. Il va faire un tour au bois.
Ses amis Casse-Noisette l'invitent à déjeuner. Vif parle en riant de son pari avec la tortue.
Les enfants se tiennent très bien à table.
Après le dessert, Vif leur raconte comment il se moque des chiens de chasse qui n'arrivent jamais à l'attraper.

Vif a trop bien déjeuné. Ses yeux se ferment. Il bâille.
« J'ai bien le temps de faire un petit somme, » pense-t-il.
Il se couche dans l'herbe et s'endort.

Poussette a fait du chemin. Elle ne s'est arrêtée qu'un tout petit moment pour déjeuner.

Et, pendant que Vif dort dans la prairie, elle marche.
Elle va, elle va tout droit, sans se reposer.
La souris est allée chercher l'escargot. (Il était vraiment trop en retard.)
Elle crie de sa petite voix :
– Courage, Poussette ! La barrière n'est plus loin.

Le renard, la loutre et le blaireau attendent le lièvre à la barrière.
Ils se moquent de la tortue qui avance toujours du même pas.
Ils croient que le lièvre est caché derrière un buisson,
qu'il va bondir et toucher le but avant la tortue.
– Ne t'occupe pas d'eux, dit tout bas la souris.

Mais Vif est loin, très loin.
Il vient seulement de se réveiller.
Il s'aperçoit que le soleil est très bas.
Il traverse des prés, des bois,
court de toutes ses forces
avec ses grandes jambes.
Le voilà ! Il arrive ! Trop tard !

La tortue vient de toucher le but.
Le renard ne rit plus, ni le blaireau, ni la loutre,
et le lièvre a les oreilles basses.
Les amis de la tortue crient :
– BRAVO TORTUE !

Depuis ce jour-là,
Vif ne bouscule plus Poussette.
Il est très gentil avec elle.
Quand elle fait ses commissions,
c'est lui qui porte ses paniers,
et il marche doucement,
tout doucement, derrière elle.

Le Petit Poucet

D'après Charles Perrault, illustrations de Ronan Badel

Il était une fois un bûcheron et une bûcheronne qui avaient sept enfants,
tous des garçons. Ils étaient fort pauvres et avaient bien du mal à les nourrir.
Le dernier, surtout, leur donnait du souci, car il était délicat et tout petit.
Quand il vint au monde, il n'était guère plus gros que le pouce,
ce qui fit qu'on l'appela le Petit Poucet.
Cependant, il était le plus futé et, s'il parlait peu, il écoutait beaucoup.

La famine devint si grande que ces pauvres gens n'eurent bientôt
plus rien à donner à leurs petits.
Un soir que les enfants étaient couchés, le bûcheron dit à sa femme, le cœur serré de douleur :
– Je ne veux pas voir mes enfants mourir de faim devant mes yeux.
Je suis décidé à les perdre demain dans le bois.
– Ah ! s'écria la bûcheronne, comment pourrais-tu toi-même abandonner tes propres enfants ?
La mère s'indigna, protesta, mais à la fin, elle accepta, et alla se coucher en pleurant.
Le Petit Poucet avait tout entendu. Sans être vu, il s'était levé
et doucement s'était glissé sous le tabouret de son père.
Il se recoucha et ne dormit pas de la nuit, réfléchissant à ce qu'il devait faire.

Le Petit Poucet se leva de bon matin et alla au bord d'un ruisseau, où il remplit ses poches de petits cailloux blancs.
À son retour, il ne dit rien de ce qu'il savait à ses frères.
Ils partirent tous et arrivèrent bientôt dans la forêt. Le bûcheron se mit à couper du bois et ses enfants à ramasser des brindilles pour faire des fagots.
Le père et la mère s'éloignèrent tout doucement, puis s'enfuirent brusquement par un sentier.

Lorsque les enfants se virent seuls, ils se mirent à crier et à pleurer de toute leur force.
Seul le Petit Poucet n'était pas inquiet, il savait bien par où ils reviendraient à la maison.
En marchant, il avait laissé tomber un à un le long du chemin les petits cailloux blancs qui remplissaient ses poches.
Il rassura ses frères :
– Ne craignez rien. Nos parents nous ont laissés ici, mais je vous ramènerai chez nous.
Suivez-moi !

Ils le suivirent, et il les mena à leur maison par le même chemin qu'ils étaient venus dans la forêt. N'osant entrer, les enfants se mirent contre la porte pour écouter ce que disaient leurs parents.

Au moment où le bûcheron et la bûcheronne arrivaient chez eux, ils reçurent dix écus qu'on leur devait depuis longtemps. Le bûcheron envoya aussitôt sa femme à la boucherie où elle acheta trois fois plus de viande qu'il n'en fallait pour le souper de deux personnes. Lorsqu'ils furent rassasiés, la bûcheronne dit :
– Nos pauvres enfants se régaleraient de ce qui nous reste là. Mon Dieu, où sont-ils ? Les loups les ont peut-être déjà mangés ! Tu es bien inhumain d'avoir perdu ainsi tes enfants.

Elle pleurait si fort que les enfants l'entendirent et se mirent à crier tous ensemble :
– Nous voilà ! Nous voilà !
Elle courut ouvrir la porte et leur dit en les embrassant :
– Que je suis aise de vous revoir, mes chers enfants !

Ils se mirent à table et mangèrent d'un appétit qui faisait plaisir à voir.

Cette joie dura tant que les dix écus durèrent.
L'argent dépensé, les parents retombèrent dans leur premier chagrin.
Ils résolurent alors de perdre à nouveau leurs enfants,
mais de les mener bien plus loin que la première fois.
Ils eurent beau parler secrètement, le Petit Poucet les entendit quand même.
Il se leva tôt pour ramasser des petits cailloux,
mais il trouva la porte fermée à double tour.
Il ne savait que faire, lorsqu'il se rappela que leur mère leur avait donné à chacun
un morceau de pain pour leur déjeuner. Il pourrait jeter des miettes au lieu de cailloux.

Le père et la mère menèrent les enfants dans l'endroit de la forêt le plus épais
et le plus obscur, et s'enfuirent.
Le Petit Poucet ne s'inquiéta pas beaucoup, persuadé de retrouver son chemin
grâce au pain qu'il avait semé partout où ils étaient passés.
Mais il fut bien surpris lorsqu'il ne put en retrouver une seule miette :
les oiseaux avaient tout mangé.
Voilà les enfants bien affligés, car plus ils s'enfonçaient dans la forêt, plus ils s'égaraient.

La nuit vint, et un grand vent s'éleva
qui leur faisait des peurs épouvantables.
Il leur semblait entendre de partout
des hurlements de loups prêts à les dévorer.
Une grosse pluie les perça jusqu'aux os.
Ils glissaient à chaque pas, tombaient
dans la boue, d'où ils se relevaient
tout crottés.

Le Petit Poucet grimpa en haut
d'un arbre. Ayant tourné la tête
de tous côtés, il aperçut une petite lueur,
comme celle d'une chandelle,
loin par-delà la forêt.
Il redescendit, et lorsqu'il fut à terre,
il ne vit plus rien. Cela le désola.
Cependant, ayant marché quelque
temps avec ses frères
du côté où il avait vu la lumière,
il la revit en sortant du bois.

Les enfants arrivèrent enfin
à la maison où se trouvait
cette chandelle, non sans bien
des frayeurs, car souvent
ils la perdaient de vue.

Les enfants frappèrent à la porte, et une femme vint leur ouvrir.
Le Petit Poucet lui dit qu'ils étaient perdus et qu'ils demandaient à coucher, par charité.
La femme se mit à pleurer et leur dit :
– Hélas ! Mes pauvres enfants, savez-vous où vous êtes ?
C'est ici la maison d'un ogre, qui mange les petits enfants.
– Hélas ! Madame, répondit le Petit Poucet qui tremblait de toute sa force aussi bien que ses frères, que ferons-nous ?
Les loups de la forêt ne manqueront pas de nous manger, si vous ne voulez pas nous garder. Peut-être votre mari aura pitié de nous.

La femme de l'ogre crut qu'elle pourrait les cacher à son mari jusqu'au lendemain et les laissa entrer.
Comme les enfants commençaient à se chauffer, ils entendirent heurter trois ou quatre grands coups à la porte : c'était l'ogre qui revenait.
Aussitôt sa femme les fit cacher sous le lit et alla ouvrir la porte.

L'ogre se mit aussitôt à table.
Sa femme lui apporta le mouton qui cuisait à la broche.
L'ogre flairait à droite et à gauche,
disant qu'il sentait la chair fraîche.
– C'est le mouton que vous sentez, lui dit sa femme.
– Je sens la chair fraîche, reprit l'ogre.
Et en disant ces mots, il se leva et alla droit au lit.
– Ah ! maudite femme ! dit-il. Voilà donc comme
tu veux me tromper !

Il tira les enfants de dessous le lit l'un après l'autre.
Ils se mirent à genoux en l'implorant ;
mais les pauvres avaient affaire au plus cruel
de tous les ogres qui, bien loin d'avoir
de la pitié, les dévorait déjà des yeux.
L'ogre alla prendre un grand couteau.
Il avait déjà empoigné l'un des enfants,
lorsque sa femme lui dit :
– Que voulez-vous faire à l'heure qu'il est ?
Vous aurez tout le temps demain.
Et puis vous avez le mouton à finir.
– Tu as raison, dit l'ogre, donne-leur bien à souper,
afin qu'ils ne maigrissent pas, et va les mener coucher.

La bonne femme se réjouit, mais les enfants ne purent rien avaler,
tant ils étaient effrayés. Quant à l'ogre, il se mit à boire ;
ravi d'avoir de quoi se régaler demain.
Il but davantage qu'à l'ordinaire,
ce qui lui donna mal à la tête et l'obligea à se coucher.

L'ogre avait sept filles, qui n'étaient encore que des enfants.
Ces petites ogresses avaient de petits yeux gris, le nez crochu et une grande bouche avec de longues dents pointues.
Elles n'étaient pas encore très méchantes, mais pourtant elles mordaient déjà les petits enfants.
Toutes les sept dormaient dans un grand lit, avec chacune une couronne d'or sur la tête.
Il y avait dans la chambre un autre lit identique, et c'est dans ce lit que la femme de l'ogre mit à coucher les sept petits garçons.
Puis elle alla dormir auprès de son mari.

Le Petit Poucet craignait que l'ogre regrette de ne pas les avoir égorgés dès le soir même.
Il avait remarqué les couronnes des petites ogresses.
Il se leva, prit les bonnets de ses frères et le sien, et il alla doucement les mettre sur la tête des sept filles, après leur avoir enlevé leurs couronnes d'or qu'il mit sur la tête de ses frères et sur la sienne.
Ainsi, si l'ogre venait, il les prendrait pour ses filles, et ses filles pour les garçons qu'il voulait égorger.

La chose réussit comme le Petit Poucet l'avait pensé.
L'ogre, s'étant éveillé sur le minuit, eut regret d'avoir remis au lendemain ce qu'il pouvait exécuter le jour même.
Il se jeta hors du lit et prit son grand couteau en se disant :
« Allons voir, comment se portent nos petits drôles ! »
Il monta à tâtons à la chambre de ses filles et s'approcha du lit où se trouvaient les petits garçons. Ils dormaient tous, excepté le Petit Poucet, qui eut très peur lorsque la main de l'ogre lui tâta la tête ; comme il l'avait fait à ses frères.
L'ogre sentit les couronnes d'or.
« Vraiment, se dit-il, j'allais faire une belle erreur ! Je vois bien que j'ai trop bu hier soir. »
Il alla ensuite au lit de ses filles et sentit les bonnets des garçons.
« Ah ! voilà nos gaillards ! Travaillons hardiment. »
En disant ces mots, l'ogre coupa, sans hésiter, la gorge à ses sept filles.
Puis, fort content lui, il alla se recoucher auprès de sa femme.

Dès que le Petit Poucet entendit à nouveau l'ogre ronfler, il réveilla ses frères et leur dit de le suivre.
Ils descendirent doucement dans le jardin, puis coururent presque toute la nuit, sans savoir où ils allaient.

Dès son réveil, l'ogre dit à sa femme :
– Va chercher ces petits drôles d'hier au soir.
Elle monta dans la chambre, où elle tomba évanouie, en découvrant ses sept filles égorgées.
L'ogre ne fut pas moins épouvanté que sa femme lorsqu'il vit l'affreux spectacle.
– Ah ! qu'ai-je fait là ? s'écria-t-il. Ils me le paieront.
Il jeta aussitôt un pot d'eau dans le nez de sa femme pour la faire revenir à elle.
– Donne-moi vite mes bottes de sept lieues, je dois les attraper.

L'ogre allait de montagne en montagne et traversait des rivières aussi facilement qu'il aurait sauté le moindre ruisseau. Après avoir couru de tous côtés, il entra enfin dans le chemin où marchaient les sept frères.
Le Petit Poucet l'entendit arriver. Il aperçut un rocher creux et dit aussitôt à ses frères de s'y cacher. Il s'y fourra aussi, tout en regardant ce que l'ogre faisait.

L'ogre voulut se reposer car il était épuisé
(les bottes de sept lieues fatiguent fort leur homme) et, par hasard,
il alla s'asseoir contre le rocher où les petits garçons s'étaient cachés.
L'ogre s'endormit aussitôt et se mit à ronfler si effroyablement
que les pauvres enfants avaient aussi peur que lorsqu'il tenait son grand couteau
pour leur couper la gorge.

Le Petit Poucet dit à ses frères de s'enfuir et de ne point s'inquiéter pour lui.
Ils suivirent son conseil et gagnèrent vite leur maison.
Le Petit Poucet s'étant approché de l'ogre, lui tira doucement ses bottes
et les enfila aussitôt. Les bottes étaient grandes et larges, mais elles étaient magiques.
Elles avaient le don de s'agrandir et de rapetisser selon la jambe de celui qui les chaussait ;
elles se trouvèrent ainsi justes à ses pieds, comme si elles avaient été faites pour lui.

Le Petit Poucet fila droit à la maison de l'ogre.
Il y trouva sa femme qui pleurait toujours ses filles égorgées.
– Votre mari est en grand danger, lui dit-il. Il a été pris par une bande de voleurs
qui ont juré de le tuer s'il ne leur donne pas tout son or.
Les bandits lui tenaient le poignard sur la gorge, quand votre mari m'a aperçu.
Il m'a prié de vous dire de me donner tout ce qu'il possède,
sinon ils le tueront sans pitié. Il m'a prêté ses bottes de sept lieues,
pour que je vienne au plus vite, et aussi afin que vous ne croyiez pas que je suis un menteur.

La bonne femme, fort effrayée, lui donna aussitôt tout ce qu'ils possédaient.

Le Petit Poucet, chargé de toutes les richesses de l'ogre,
courut à la maison de ses parents.
Il n'est pas possible d'imaginer la joie de tous en le revoyant.
Et grâce à lui, qui était pourtant le plus petit,
ils purent vivre longtemps, heureux et sans soucis.

Bicotin va au marché

Annie Butel, illustrations de Lucile Butel

Un jour, la chèvre dit à son biquet gris :
– Bicotin, mon fils, tu deviens paresseux. Frotte un peu ton museau, prends ton panier et va au marché, ça te dégourdira les pattes.
Son panier au cou, Bicotin s'en alla cabriolant
et broutillant le long des haies.

Quand il arriva sur la grand-route, il vit un âne brun
tirant une charrette :
c'était Pipo qui allait vendre ses légumes au marché.

Le biquet courut au-devant de lui.
– Bonjour ! Pipo, je vais au marché.
Aurais-tu une petite place pour moi ?
– Bien sûr ! répondit Pipo,
pousse un peu les paniers
et ne touche à rien.

En grimpant dans la charrette, Bicotin buta sur un gros chou vert et bien frisé, et il eut tellement envie de le manger qu'il s'assit dessus pour ne pas le voir.

En redressant la tête, il se cogna contre un écriteau.
– Qu'est ce qu'il y a écrit là-dessus ? demanda Bicotin qui n'avait pas appris à lire.
– Je le savais, dit Pipo mais... je l'ai oublié.
TOUT EST À VENDRE AU MEILLEUR PRIX, voilà ce que disait l'écriteau.

La route était mauvaise, la charrette cahotait.
Au dernier tournant, Bicotin faillit tomber à la renverse.
– Tiens-toi donc à l'écriteau, lui dit Pipo.
– Oui, dit Bicotin, tout fier d'être en voiture.
Quelle belle entrée il allait faire sur la place du marché !

Les clientes de Pipo attendaient la charrette. D'habitude, elles se servaient chacune à leur tour, mais quand elles virent le chevreau et l'écriteau, elles s'avancèrent toutes, pour caresser Bicotin.

Une grosse fermière s'approcha et cria :
– J'offre six poulets contre le biquet !
– Six poulets ? dit une autre, moi, j'en offre trois canards et quatre lapins !
Bicotin n'en croyait pas ses oreilles.
Quoi ! On voulait l'acheter comme une botte de radis !
Il bêla :
– *Mêêê mêêê*, Maman chèvre ! Maman chèvre !
Trop tard ! La fermière l'avait empoigné.
Pipo se mit à braire de toutes ses forces :
– *Hi han...*

Bicotin pleurait si fort que le garde champêtre s'approcha.
– Qu'est-ce qui se passe ici ? dit-il. Tiens ! Ce biquet porte un panier au cou ?
Voyons un peu ce qu'il y a dedans.

Le garde champêtre ouvrit le panier. Il en retira une pièce de cinq francs
et un bout de papier qu'il déplia gravement, puis lut tout haut :
Prière de remettre à mon fils Bicotin : du sel, un chou vert et une galette au beurre.
Signé : *La Chèvre.*

– Ce biquet n'est pas à vendre dit le garde, il est venu faire son marché !
La fermière le lâcha et, comme elle avait bon cœur, elle prit dans son cabas une galette,
un cornet de sel, et les mit dans le panier de Bicotin.
Le garde champêtre acheta le gros chou vert et le mit aussi dans le panier du biquet.

Bicotin, encore tremblant, remercia tout le monde en reniflant très fort.
– Rentrons, dit Pipo, le marché est fini.

La chèvre attendait au tournant de la route.
Bicotin se jeta au cou de sa mère, tout fier de lui annoncer qu'il valait trois canards et quatre lapins – au moins.

La chèvre, à son tour, remercia Pipo de lui avoir ramené son biquet et demanda :
– As-tu bien vendu tes légumes au marché ?
– Très bien, il ne me reste qu'une botte de carottes !
– Je te l'achète, dit la chèvre, et je t'invite à déjeuner, sans cérémonie : rien que des crudités.
Pipo ne se fit pas prier et chanta une jolie chanson au dessert.

Le pépin de babelicot

Anne-Marie Chapouton, illustrations d'Annick Delhumeau

– Mes enfants ! dit Maman. Venez vite ! J'ai croqué un pépin de babelicot !

Le babelicot, c'est magique...
et voilà Maman qui devient petite, petite, petite.

Cora et Caro sont très contents.
– On va faire manger Maman dans le petit ménage de la poupée Carababa.
– Allons, petite Maman, sois sage ! Voilà deux gouttes de ramedimage,
et une miette de madalinette. Attache bien ta serviette, et mange proprement !

Cora et Caro préparent le bain de Maman dans la soupière en porcelaine de garagaran.
Maman fait des éclaboussures et ne veut pas se laver la figure.

Les enfants lui mettent le pyjama de Carababa puis ils la bercent dans leurs bras.
– Dors, dors, petite Maman.
Dehors la lune brille dans la nuit.
Les petits oiseaux sont dans leur nid.
Dors, dors, maman jolie…

Mais Maman dit :
– Non ! non ! non !
Elle fait des bonds sur son lit, puis elle jette les draps, l'oreiller et l'édredon.

– Allons, disent les enfants, il faut que tu grandisses, finis les caprices !
Voici du ramadilacou, bois-le, et tu grandiras beaucoup.

Maman avale le ramadilacou puis elle s'étire, s'étire, s'étire, et la voilà grande comme avant.

– Maintenant que tu es grande, raconte-nous une histoire ! disent les enfants.
– Il était une fois une maman qui avait mangé un pépin de babelicot...

Quand Cigalou s'en va dans la montagne

Marie Colmont, illustrations de Rojan

Quand Cigalou s'en va dans la montagne, les Chiens de la ferme avertissent ceux des troupeaux :

– *Ou-a-ou ! Ou-a-ou !* Attention, là-haut ! On vous envoie Cigalou.

Et les Chiens des troupeaux répondent :

– *Whou ! Whou !* Ça va bien ! On veillera sur lui...

Aussitôt, dans la montagne, chacun se réjouit :

– Voilà Cigalou qui vient nous voir !

Un vieux Houx grognon et tout piquant demande :

– Pourquoi l'aimez-vous tant, ce Cigalou ?

– Il est joli, dit le Cyclamen.

– Il est tout petit et tout rose, dit le gros Rocher.

– Il ne fait jamais de mal à personne, dit l'Abeille.

– Il nous aime, soupirent tendrement la Forêt et l'Alpage, et même le Glacier bleu, tout là-haut...

Un des Chiens du troupeau est descendu à petits pas au-devant de Cigalou.
Voilà Cigalou qui paraît au tournant du chemin.
Phhh ! Il a un petit peu chaud. Ça monte dur !
– *Ouah !* Repose-toi ! dit le Chien en se mettant en travers du sentier pour l'empêcher d'aller plus loin.

Cigalou s'assied.
– Prends mes fraises pour te rafraîchir, dit le Fraisier.
– Prends mes belles petites baies noires, dit la Myrtille.
Et par-dessus les buissons, de ses longs doigts crochus, le Framboisier lui tend ses framboises.
Cigalou rit, et le rire de Cigalou paie chacun de ses peines.

Cigalou a repris sa marche. Dans le ciel, le Soleil s'amuse à le regarder. Mais tout à coup, quelqu'un crie :
– Cigalou a oublié son chapeau ! Il va attraper un coup de soleil.
Le Frelon part comme une flèche réveiller le Vent qui dort par là dans les bruyères.
– *Phou ! Phou !* dit le Vent en s'envolant. Je lui trouverai bien un chapeau, moi, à ce Cigalou !

Il monte vers la prairie, là où sont les fleurs.
– Il me faut une Campanule, vite, la plus grosse !
– Ce n'est pas moi, dit une maigriotte ; va voir près des Sapins.
Près des Sapins, il y en a une, en effet... ÉNORME !
Elle se laisse cueillir et pousser par le vent, *Phou ! Phou !*,
jusque sur la tête de Cigalou. Le voilà, sauvé des coups de soleil.

Maintenant, Cigalou monte le long du Ruisseau qui, lui, descend à toute vitesse.
– Bonjour ! Bonjour ! crient en passant les petites gouttes d'eau, pressées d'aller sauter la Cascade un peu plus bas.
– Bonjour ! fait Cigalou de la main.
Mais voilà que sous son pied, il y a un petit Escargot : attention ! Faut pas l'écraser !
Cigalou fait un grand pas de travers, trébuche, il va tomber…

Il va tomber dans le Ruisseau, tomber dans la Cascade !
– *Whou-hou-hou !* gémit le Chien, affolé. Quel malheur !

Mais la Ronce étend son grand bras et elle rattrape Cigalou par le fond de sa culotte, juste au moment où il piquait une tête dans le Ruisseau.
Cigalou se retourne avec inquiétude : est-ce que la Ronce n'a pas fait un accroc à sa culotte ?
Même pas : quelle chance !

Cigalou monte toujours. L'air devient plus frais. Dans le ciel, un grand Aigle tourne.
– *Grrr !* fait le Chien. Essaie un peu de venir nous prendre notre Cigalou !
Mais l'Aigle ne descend pas. Il sait bien que les Chiens et les Bergers font bonne garde.
Et puis, peut-être qu'il aime Cigalou, lui aussi ?

Cigalou en a assez de suivre le chemin. Il a envie de grimper au plus court,
à travers les pierres et les buissons.
– Passe par ici, lui crie le Genévrier en rentrant ses petites feuilles piquantes.
– Monte sur mon dos ! dit un gros Rocher.
« C'est bien plus amusant comme ça ! » songe Cigalou.
Et il s'élance vers le Rocher.

Oh ! Pauvre petit Cigalou, où va-t-il poser sa main ?
Regardez : juste sur une vipère qui dort tout en haut du Rocher !
Elle se réveillera sans comprendre, elle aura peur, et elle mordra la petite main de Cigalou !
– Hé ! Attention ! crient les Mousses du Rocher.
Mais elles ont une si petite voix que personne ne les entend.

Un peu plus haut sur la pente, un Mélèze a poussé parmi les roches. Il est très vieux.
Entre ses grosses racines à moitié sorties du sol, il y a de petites pierres.
L'une d'elles a vu le danger.
– Lâche-moi ! Mais lâche-moi donc ! crie-t-elle au Mélèze.
Le Mélèze a compris.
– Je... Je vais essayer... Sois patiente...
Patiente ! Quand Cigalou est menacé...
– *Aïe ! aïe ! ouille !* gémit le Mélèze en essayant de desserrer ses vieilles racines tordues.
– Mais dépêche-toi donc ! redit la Pierre, folle d'impatience.
Ouf ! Enfin, ça y est !
La petite Pierre, délivrée, court sur la pente.
Bang !
Elle envoie promener la vipère qui file... *vzzzzzzzzz...*
comme ça, juste au-dessus de la tête de Cigalou,
et va tomber dans le ravin. Bon débarras !

À force de monter, Cigalou est arrivé dans la prairie.
Tout le troupeau accourt gaiement à sa rencontre.
– *Bée !*
– *Mêê !*
– *Meuh !*
Même le grand taureau noir s'est dérangé pour lui.
Et toutes les clarines chantent ensemble :
les petites font « *Drinn !* », les moyennes font « *Drann !* »
et les grosses font « *Drong !* »

– Je veux être un mouton aussi, dit Cigalou.
Les Bergers rient. Ils lui mettent une peau de mouton sur le dos, une sonnaille au cou, et voilà Cigalou à quatre pattes. Le plus petit agneau du troupeau joue avec lui, front contre front, et l'envoie rouler sur le dos. Tout le monde est furieux.
– Ne le dites pas à sa maman, dit Cigalou ; elle le gronderait.
Et il s'endort sans rancune, la tête sur son adversaire.
Le soir est venu. Il faut redescendre.
Les Chiens d'en haut ont prévenu ceux d'en bas à leur tour :
– *Ou-a-ou !* On vous renvoie Cigalou !
Et les autres ont répondu :
– *Ba-oua-oua !* on l'attend !...
– Je reviendrai, a promis Cigalou.

Ah ! Quand Cigalou sera grand, pourvu qu'il se rappelle comme il était heureux là-haut sur la montagne, avec son petit cœur plein d'amour qui ne savait pas être méchant !

Jacques et le haricot magique

Raconté par Robert Giraud d'après la tradition,
illustrations de Bruno Pilorget

Il était une fois une pauvre veuve qui vivait avec son fils Jacques.
Leur seule richesse était une vache.
Lorsque la vache devint trop vieille, la femme envoya Jacques la vendre au marché.

En chemin, le garçon rencontra un voyageur.
– Je t'offre cinq haricots magiques en échange de ta vache ! proposa l'étranger.
Jacques réfléchit longuement, puis il décida d'accepter.

Lorsqu'il revint à la maison, sa mère se fâcha :
– Malheureux ! Qu'est-ce que tu as fait ? Il nous fallait de l'argent pour nous acheter un veau. Maintenant nous n'avons plus rien. Tu nous as réduits à la misère !
Jacques était effondré.
– Seul un sot peut céder une vache en échange de cinq haricots ! s'écria-t-elle.
Puis elle prit les cinq haricots, les jeta par la fenêtre et envoya Jacques au lit sans souper.

Le matin suivant, Jacques, sortant de la maison, eut la surprise de voir que, pendant la nuit, avait poussé une énorme plante dont la cime se perdait dans les nuages.
« Les haricots étaient vraiment magiques ! » se dit Jacques soulagé.

Curieux, il grimpa le long de la tige et se retrouva au-dessus des nuages. Il regarda autour de lui et aperçut un grand château en pierre grise. Il décida de s'en approcher.
Il posa un pied puis, rassuré de voir que les nuages le portaient, il s'avança hardiment.
Il atteignit bientôt un grand portail. Il frappa plusieurs fois sans obtenir de réponse.
Il vit alors que les volets étaient entrouverts. Il revint vers le portail, qui s'ouvrit en grinçant.

– Qu'est-ce que tu fais ici ? demanda une grosse voix.
Devant lui se tenait une énorme vieille qui le regardait sévèrement. Effrayé, Jacques répondit :
– Je me suis perdu. Donnez-moi à manger, j'ai très faim.
La vieille, qui n'avait pas d'enfants, lui dit alors :
– Entre vite, je te donnerai du lait, mais fais bien attention ! Mon mari est un ogre qui mange les enfants. Si tu l'entends, cache-toi vite !

Jacques venait de boire un bon bol de lait quand il entendit un grand fracas : c'était l'ogre qui rentrait !
– Ça sent la chair fraîche ! hurla l'ogre de sa grosse voix
– Vite, cache-toi ! murmura la vieille à Jacques, et elle le poussa dans le four.

– Des enfants sont venus dans cette pièce ? demanda l'ogre, reniflant et regardant autour de lui d'un air soupçonneux.
– Des enfants ? répondit l'ogresse, allons donc, tu crois toujours voir des enfants partout. Assieds-toi, je vais te servir à dîner.

L'ogre se servit à boire en grognant et dévora son dîner avec force rasades de vin.
Après le repas, il compta ses pièces d'or, puis il s'endormit les pieds sur la table.
Ses ronflements ébranlaient les murs du château.
La vieille s'éloigna pour préparer le lit et Jacques sortit tout doucement du four.
Voyant les pièces d'or sur la table, il en remplit une petite bourse
et s'échappa sans faire de bruit.

Le cœur battant, craignant d'être poursuivi, mais ravi de se sentir riche,
Jacques courut jusqu'au sommet du haricot et se laissa glisser aussi rapidement
qu'il pouvait le long de la tige.

Quand il mit pied à terre, il trouva sa mère qui l'attendait.
Dès qu'elle vit son fils, elle fondit en larmes :
– Où étais-tu pendant tout ce temps ? Veux-tu me faire mourir de peur ?
Qu'est-ce que c'est qui a poussé là ?
Jacques l'interrompit et lui montra les pièces :
– Tu vois que j'ai bien fait d'échanger la vache contre
les haricots magiques ! Écoute ce que je vais te raconter.
Et il lui rapporta tout ce qui était arrivé.

Jacques et sa mère purent s'acheter tout ce qui
leur manquait et ils connurent enfin l'aisance.

Mais le temps passa, le tas de pièces fondit,
et le jour vint où la dernière pièce fut dépensée.
Jacques décida alors de remonter au château
des nuages.

Cette fois-ci, il y pénétra sans être vu et alla se cacher dans le four. Peu après l'ogre arriva.
– Ça sent la chair fraîche ! dit-il à sa femme.
Mais celle-ci, qui n'avait vu entrer personne, ne prêta pas attention à ses paroles.
Après avoir mangé, l'ogre posa sur la table une poule qui pondait des œufs d'or.
Jacques observa cette merveille par la porte entrouverte du four.
Dès que l'ogre fut assoupi, il bondit, saisit la poule et s'échappa à toute vitesse.
Mais la poule caqueta et réveilla l'ogre :
– Au voleur ! Au voleur ! entendit-on crier dans le château.
Mais Jacques était déjà loin.

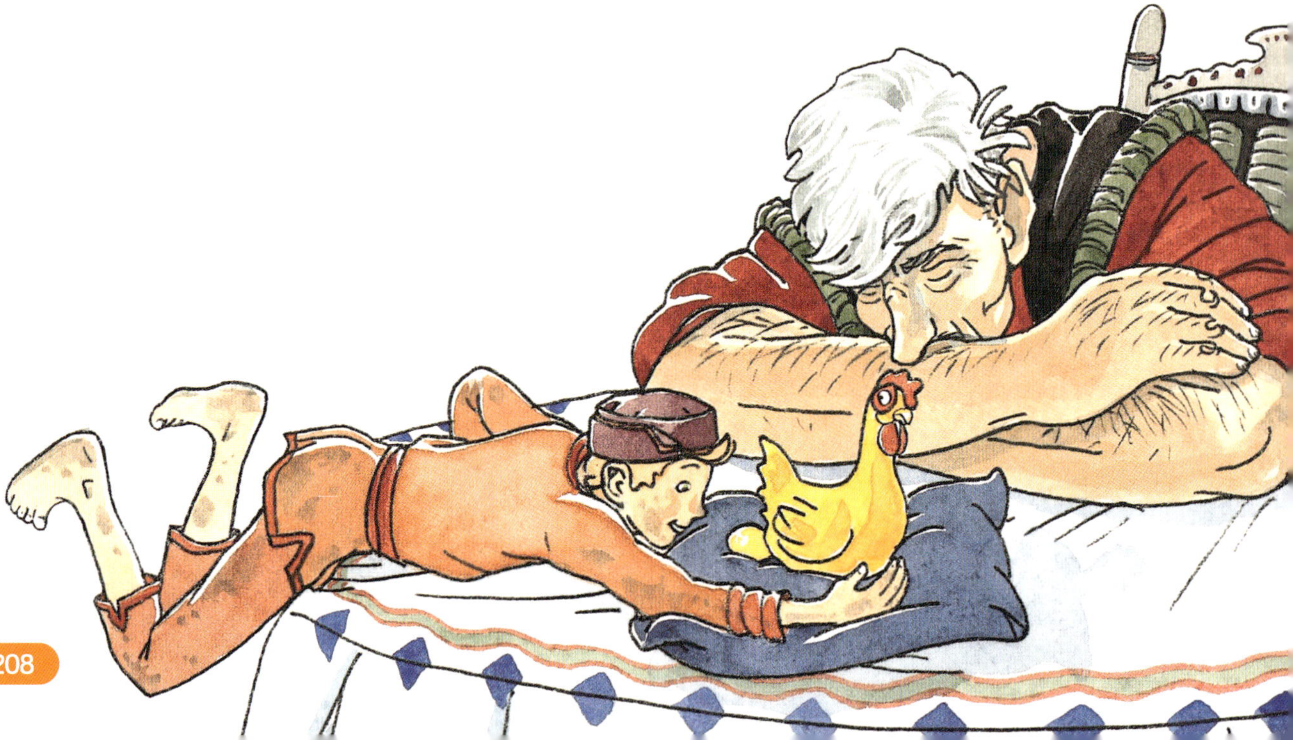

Cette fois aussi, sa mère attendait Jacques au pied du haricot magique.
– Tu n'as volé qu'une poule ? lui demanda-t-elle, déçue.
– Attends et tu verras ! lui répondit Jacques, et il s'engouffra dans la maison
Peu après, avec d'allègres *cot... cot... cot*, la poule pondit un œuf tout en or.

Désormais, ils étaient riches. Leur maison, ornée de tableaux, de tentures, de meubles de prix et de tapis, devint bientôt une somptueuse demeure. Jacques et sa mère n'avaient pourtant pas oublié les années de pauvreté et de privations qu'ils avaient endurées, si bien que leur maison demeurait ouverte aux indigents.

Mais un jour, la mère de Jacques tomba malade. Aucun des médecins qui l'examinèrent ne put comprendre de quel mal elle était atteinte. La brave femme s'affligea. Elle ne retrouvait le sourire que lorsque son Jacques était à côté d'elle. Celui-ci fit venir les clowns les plus renommés, mais ils n'eurent aucun succès.
Désespérant de voir sa mère se rétablir, Jacques ne savait plus que faire.
Alors une idée lui vint :
« Et si je retournais chez l'ogre ? Là, je trouverai peut-être un remède pour ma mère ? »
À la pensée de revoir les mains et la bouche énormes de l'ogre, il se mit à trembler, mais sa volonté de sauver sa mère fut la plus forte.

Un soir, prenant son courage à deux mains, il grimpa le long du haricot magique géant. Cette fois, il entra dans le château par une fenêtre ouverte.
Il se faufila dans le noir jusqu'à la cuisine et se cacha dans une grosse marmite.
Après le repas, l'ogre alla chercher sa harpe magique qui chantait et jouait toute seule.
Bercé par cette douce musique, il s'endormit tout de suite.
Depuis sa cachette, Jacques avait entendu les sons de la harpe. Dès que l'ogre se mit à ronfler, le garçon émergea de la marmite, s'empara de la harpe et prit la fuite.
Mais la harpe se mit à crier :
– Maître, réveille-toi ! Un voleur m'emporte !
L'ogre se réveilla en sursaut et s'élança à la poursuite de Jacques. Jacques courait à perdre haleine, mais la harpe ne cessait pas d'appeler.
– Tais-toi donc, lui dit Jacques sans ralentir. Tu seras bien mieux chez moi !

Il arriva enfin au sommet du haricot qui était devenu très touffu, et se laissa glisser jusqu'au pied. Il appela sa mère :
– Regarde ce que je t'ai apporté !
Au son de la merveilleuse musique de la harpe, sa mère sourit, heureuse.
Mais un fracas retentit, et la plante géante ploya sous le poids de l'ogre.
– Cache la harpe et apporte-moi une hache ! dit Jacques à sa mère. Je dois abattre la plante avant que l'ogre n'arrive !

On voyait déjà apparaître les énormes bottes quand, dans un bruit terrible, la plante s'écroula, ensevelissant l'ogre sous sa masse.

La musique de la harpe guérit la veuve de sa langueur.
Elle retrouva sa gaîté et leur maison connut à nouveau le bonheur.

Une histoire d'ours et d'élans

Vassilissa, illustrations de Romain Simon

– *Corax ! corax !* crie le corbeau dans la grande forêt. Demain c'est l'hiver, il va bientôt neiger !
– Tu as entendu ? Il va neiger, dit Mère Ourse à Père Ours. Il faut nous dépêcher de trouver un logement pour l'hiver...
– Et surtout, quelque chose de tranquille, grogne Père Ours.

Justement, La Fouine connaît une caverne très confortable.
– En échange d'un saumon, je vous la montrerai, promet-elle. Et vous ferez une bonne affaire, je vous le dis !
– Un saumon, ce n'est pas trop cher pour se loger tout l'hiver, dit Père Ours.

Père Ours est allé pêcher un saumon dans la rivière.
– Merci, dit La Fouine. Voici votre logement, l'entrée est derrière les fougères. Vous verrez, c'est une magnifique tanière !

– Mais c'est merveilleux ! Comme c'est grand ! s'écrie Mère Ourse enchantée.
– Les murs n'ont pas l'air trop humide, remarque Père Ours.
– Trop humide, répète la petite Oursonne, qui fait toujours tout comme Papa.
– Allons chercher des fougères pour faire nos lits, décide Mère Ourse.

Et les trois Ours s'en vont ramasser des fougères pour s'en faire des matelas. Ils en rapportent trois grandes brassées. Ce sera bon de dormir là-dessus ! Oui, mais voilà : de retour à la caverne, quelle surprise !

Une famille d'élans est installée, tout tranquillement !

Alors là, Père Ours se met très en colère !
– Qu'est-ce que vous faites ici ! Vous n'avez rien à faire chez nous !
– Comment chez vous ? Vous voulez dire chez nous ! Nous avons payé un saumon de loyer à une certaine Fouine…
– Mais nous aussi, nous avons payé un saumon ! dit Père Ours.
– Je commence à comprendre, dit Père Élan. Cette Fouine est bien malhonnête !
– De toute façon, dit Père Ours, nous étions ici avant vous !
– Tant pis pour nous, dit Père Élan. Puisque vous étiez les premiers, nous partons…

Alors, la petite Oursonne s'assoit par terre, et se met à pleurer de toutes ses forces.
– Je ne veux pas qu'ils s'en aillent ! Je veux jouer avec le petit Faon !

Comme Mère Ourse n'aime pas entendre sa fille pleurer, elle a une idée.
– Après tout, cette grotte est très grande. Nous pourrions peut-être la partager ? propose-t-elle.

Mère Élan est bien contente de voir les choses s'arranger.
– Nous n'avons pas besoin de beaucoup de place, dit-elle. Nous ne dormons pas comme vous tout l'hiver. Nous cherchons seulement un abri pour les jours de grand froid.

Père Ours se radoucit.
– Ma femme a raison. Vous pouvez rester ici. Mais tâchez de ne pas faire de bruit : je n'aime pas être dérangé quand je dors.
– Nous marcherons sur la pointe des sabots, promettent les Élans.
– Et d'ailleurs, ajoute Père Élan, moi, je ne serai pas souvent ici. Je préfère le grand air !

Et voici la famille Élan qui s'installe à l'entrée.

Le petit Faon s'en va trouver la famille Ours au fond de la caverne.
– Avant de dormir tout l'hiver, il faut faire un bon repas, dit Mère Ourse.

Elle prépare un vrai festin : des saumons frais, des œufs de bécassine, des pommes, des glands, des noisettes, et pour le dessert du miel. Oursonne met du miel partout, jusque sur sa fourrure. Faon voudrait bien goûter à tout cela, mais il n'ose pas.

Oursonne et Faon font les fous tous les deux.
Mère Ourse a fait les lits.
Père Ours s'est endormi aussitôt.
Plusieurs fois déjà, Mère Ourse a dit :
– Au lit maintenant !
Mais Oursonne n'obéit pas. Alors...

... Alors, Maman se fâche !
Après cela, Oursonne s'endort très vite.
Faon vient la voir sans faire de bruit.
Il sait bien qu'il ne faut pas la réveiller.
Mais il se sent bien seul,
il a presque envie de pleurer.

Le grand hiver est commencé.
Faon se promène en traînant les sabots dans la neige.
« Si Oursonne ne dormait pas, pense-t-il, nous ferions de bonnes glissades. »
Mais Oursonne dort comme un ours, et ce n'est pas drôle, la neige, quand on est tout seul !

Faon est malade. Il a pris froid dehors.
Sa maman est inquiète. Elle le soigne.
Elle lui apporte des écorces de bouleau et des baies d'églantiers.
Mais Faon n'a pas faim : il ne mange que du bout des dents, pour faire plaisir à sa maman.

Ainsi se passe l'hiver, le long hiver de la grande forêt.

Ce matin, Faon est guéri. Le voici qui sort de la caverne.
Mais comme tout a changé ! Le soleil est haut, la neige a fondu.
Partout des fleurs s'ouvrent dans l'herbe neuve.
– Tiens ! Mais c'est Faon ! dit l'Écureuil. Alors ça va mieux ? Comme tu as grandi !
Dis donc, tu ressembles de plus en plus à ton père...
– Ah bon ? dit Faon étonné.
– Tu connais la grande nouvelle ? dit Écureuil. Aujourd'hui, c'est le printemps !
– Le printemps ? dit Faon. Mais alors... je peux aller réveiller Oursonne.

Et il va taper sur l'épaule de la petite Oursonne.
Oursonne grogne un peu, s'étire, ouvre les yeux.
Elle a l'air très étonnée… Puis elle éclate de rire !
Faon n'y comprend rien.
– Que tu es drôle ! Tu es devenu énorme… Et puis tu as… *Hi, hi, hi !*
Tu as des cornes qui poussent !
– Eh bien, toi tu n'es pas belle, ta peau fait des plis partout, tu es maigre !
répond Faon, vexé.

– Pas de disputes à la maison ! dit Mère Ourse.
– *Ouste*, allez jouer dehors ! dit Mère Élan
– Viens vite, dit Faon, il y a partout des bourgeons tout frais à croquer !

Faon et Oursonne ne se quittent plus.
Pendant toute la belle saison, ils partagent les mêmes jeux,
des jeux d'ours et d'élans, bien sûr !

Et, quand l'hiver reviendra, les familles Élan et Ours
sauront très bien où s'installer…
Et si la Fouine a envie d'un saumon,
elle n'aura qu'à se le pêcher elle-même.

Le Tigre en bois

Marie Colmont, illustrations de Pierre Belvès

Le Tigre dont je vais parler ne rôdait pas dans la jungle, et il ne rugissait jamais pour annoncer qu'il avait faim. Parce qu'il était en bois.

C'était un petit morceau de chêne découpé, long comme une main de jeune fille, du poignet jusqu'aux ongles. Quatre pattes basses, une queue traînante, un fin corps plat, une grosse tête ronde, des oreilles couchées en arrière qui donnent l'air très méchant, tout ça était en bois, peint au vernis jaune et au vernis noir, avec un petit coup de ripolin blanc sous le ventre ; pour qu'il tienne debout, on avait cloué le Tigre sur une planchette verte qui figurait une prairie.

Un tigre en bois dans une prairie en bois, sur le coin d'une table en bois, quelle tristesse !
Il s'embêtait, ce Tigre, c'est forcé.
On le soulevait de temps en temps par le milieu du ventre pour lui mettre des papiers sous sa prairie (ai-je pensé à dire que c'était un presse-papiers ?). Mais à part ça, personne ne lui parlait, personne ne s'occupait de lui, et comme son cœur était tendre, le soir, souvent, il lui arrivait de ne pas pouvoir s'endormir tant il avait de chagrin.

En face de lui, de l'autre côté de la table, était assis, les trois quarts de la journée, un monsieur avec une barbe ; c'est ce monsieur qui lui faisait faire la sentinelle en équilibre sur des papiers, après que lui-même avait griffonné dessus des quantités de mots avec des ratures et des taches.
Et quand je vous aurai dit que le monsieur à barbe était un écrivain qui écrivait des histoires, et que c'était son petit garçon qui lui avait donné le Tigre en revenant d'une villégiature en Suisse, je crois que vous en saurez autant que moi.

Pas tout à fait pourtant, car j'oublie ceci : où le petit garçon avait-il trouvé le Tigre en Suisse ?

Il l'avait acheté dans une ferme,
à un autre petit garçon un peu plus grand
que lui qui gardait les troupeaux
dans les pâturages et qui, pour se distraire,
un jour, avait fabriqué le Tigre
dans un morceau de bois avec son petit couteau.
Eh bien ! voilà, maintenant on peut tout dire : le Tigre s'ennuyait de son berger !

Il s'ennuyait si fort, si fort, qu'un soir, le bouquet de pois de senteur
qui était à l'autre bout de la table se mit en colère :
– Assez, à la fin ! Tu nous casses la tête avec ton désespoir ! *Karacrac !*
Brédedex ! File, et qu'on ne te revoie plus !

Comment cela se passa-t-il, je ne me charge pas de l'expliquer. Est-ce que les pois de senteur étaient fées ? Est-ce la Lune qui fondit le ripolin vert ?
Toujours est-il que les pattes du Tigre se levèrent de la planchette, une après l'autre,
et qu'il se mit à marcher sur la table.

Et plus il marchait, plus il grandissait : quand il sauta sur le fauteuil, il était déjà gros comme un petit chat ; quand il arriva sur le plancher, il était gros comme un gros veau ;
et quand il passa par la fenêtre (en fracassant trois pots de géranium), il était gros comme un vrai tigre.
Et la nuit se referma sur lui...

Où il allait, le Tigre ?
Voyons, il allait retrouver son berger !

Ce fut un voyage mémorable, vous savez. C'est très loin, la Suisse.
Le Tigre marchait la nuit et se cachait le jour, pour ne pas faire peur aux personnes sur les routes.
Comme il ne savait pas lire, les poteaux des carrefours ne lui servaient à rien ; il relevait seulement son gros mufle, comme ça, dans le sens du vent, et il trouvait la bonne direction ; sans doute se rappelait-il qu'en Suisse, ça sent le fromage de chèvre et la gentiane ; peut-être aussi qu'avec ses fines oreilles, il entendait tinter les cloches au cou des vaches.

Bref, un beau soir, il arriva.
Il arriva sur la montagne, là où il n'y avait pas de cailloux, ni de neige, ni de glace, mais simplement de la prairie (plus verte que la planchette !) avec dedans, des fleurs qui sentent bon et des abeilles.

Le petit berger était là, soufflant dans une flûte. Il ne dit trop rien en voyant arriver le Tigre, parce qu'à ces hauteurs-là, on a l'habitude de ne pas s'étonner beaucoup, et aussi parce qu'il avait le cœur simple.
Il caressa beaucoup le Tigre, qui se coucha à ses pieds ; et une vie très heureuse commença.
Et la nuit se referma sur eux...

Hélas ! Ça ne dura pas longtemps.
De voir circuler autour de lui toute cette viande qui était des vaches, des veaux, des chèvres, des moutons, le Tigre se rappela qu'il était Tigre et il eut envie de la manger.
Naturellement, il n'en fit rien : il savait bien que cela aurait terriblement ennuyé son ami le berger. Mais il en bavait tout le jour, le malheureux, et la nuit il en avait des cauchemars.
Un de ces jours, il se jetterait sur une bête innocente et la mangerait toute crue, c'était sûr !
Il préféra partir.

Il s'en revint donc comme il s'en était allé, sans s'arrêter aux poteaux des carrefours, et levant seulement son mufle, comme ça, pour chercher dans le vent l'odeur de sa maison (pipe et géranium).

Et naturellement ce fut par un soir de Lune – de pleine Lune, – qu'il retrouva sa fenêtre. Quand il sauta sur le parquet, il était encore un gros veau ; sur le fauteuil, ce n'était plus qu'un petit chat ; et quand il apparut sur la table, il était redevenu… un petit Tigre en bois posé sur des papiers !

Alors l'histoire triste va recommencer, et le pauvre Tigre va s'ennuyer encore, tout seul, sans personne pour l'aimer ?
Mais non !
L'écrivain, maintenant, est devenu très gentil.
Le soir où le Tigre est revenu, il a reniflé d'abord dans sa barbe, puis il a regardé la Lune d'un drôle d'air, et aussi un nouveau bouquet de pois de senteur qui était là depuis le matin.
On aurait dit qu'il comprenait toute l'histoire.
Après, il a posé sa grosse main sur le Tigre et il a dit, tout simplement :
– Te voilà donc de retour, mon petit compagnon ?
Ça faisait chaud au cœur de l'entendre.

Tous les soirs, maintenant, c'est pareil : deux petits mots, une caresse, tout le monde va se coucher content.
Il faut si peu de chose pour rendre heureux un pauvre Tigre en bois !

Baba Yaga

Raconté par Rose Celli d'après la tradition russe,
illustrations de Christian Broutin

Dans une maisonnette de village vivait une petite fille qui n'avait plus de maman. Son père, qui était déjà assez vieux, se remaria ; mais il ne sut pas bien choisir. La nouvelle femme n'était pas une vraie maman, c'était une marâtre. Elle détestait la petite fille, lui parlait durement. Elle lui faisait balayer la poussière du chemin pendant l'été et la neige pendant l'hiver. Mais elle avait beau être méchante, la petite fille restait bien rose, bien fraîche, avec sa robe à pois toute propre, ses yeux bleus brillants et ses cheveux blonds bien coiffés.
« Comment faire pour m'en débarrasser ? » songeait la marâtre.
Un jour que son mari était allé au marché porter du blé, elle dit à la petite fille :
– Va chez ma sœur, ta bonne tante, et demande-lui une aiguille et du fil pour te coudre une chemise.

La petite fille mit son joli fichu rouge et partit.
En route, comme elle était fine, elle se dit :
« J'ai une bonne tante, c'est vrai,
mais qui n'est point la sœur de ma marâtre :
c'est la sœur de ma vraie maman.
J'irai d'abord lui demander un bon conseil. »

Sa tante la reçut avec grand plaisir.
– Tante, dit la petite fille, la femme de mon cher papa m'envoie chez sa sœur lui demander une aiguille et du fil pour me coudre une chemise. Mais, d'abord, je suis venue te demander, à toi, un bon conseil.
– Que tu as bien fait, dit la tante, et que tu es fine ! La sœur de ta marâtre n'est autre que Baba Yaga, la cruelle ogresse ! Mais, écoute-moi : il y a chez Baba Yaga un bouleau qui voudra te fouetter les yeux, noue-le d'un ruban. Tu verras une grosse barrière qui grince et qui voudra se refermer toute seule, verse-lui de l'huile sur les gonds. Les chiens voudront te dévorer, jette-leur du pain. Enfin, tu verras un chat qui te crèverait les yeux, donne-lui un bout de jambon. Avec du courage et de la gentillesse, tu seras plus forte que les méchants.
– Merci bien, ma tante, dit la petite fille.

Elle marche, elle marche, elle marche...
Enfin, elle arrive à la maison de Baba Yaga. Baba Yaga était en train de broder.

– Bonjour, ma tante.
– Bonjour, ma nièce.
– Ma mère m'envoie vers toi te demander une aiguille et du fil pour me coudre une chemise.
– Bon. Je m'en vais te chercher une aiguille bien droite et du fil bien blanc. En attendant, assieds-toi à ma place et brode.

La petite fille se mit au métier.
Baba Yaga avait brodé une très jolie fleur en soie rouge et jaune.
La soie en était si luisante, les couleurs si vives que cela paraissait bien étonnant dans la maison d'une ogresse.
La petite fille demanda à la fleur :
– Que fais-tu, toi qui es si jolie, dans la maison de Baba Yaga ?
– Je suis prisonnière, dit la fleur. Veux-tu me rendre la liberté ?
– Oh ! je veux bien, dit la petite fille.
– Alors, défais soigneusement, un à un, tous les points.

La petite fille se mit à défaire les points.
Elle soulevait la soie avec son aiguille, sans gâter l'étoffe.
– Doucement... doucement..., disait la fleur. Merci bien.
Enfin il ne resta plus, sur le métier, qu'une trace de fleur, marquée en tout petits trous d'aiguille.
La petite fille était bien contente.

Soudain, elle entend Baba Yaga qui dit à sa servante, dans la cour :
– Chauffe le bain et lave ma nièce soigneusement. Je veux la manger pour mon dîner.
La petite fille tremble de peur.
Elle voit la servante qui entre et apporte des bûches, des fagots et de pleins seaux d'eau.
Alors, elle fait un grand effort pour prendre une voix aimable et gaie, et elle dit à la servante :
– Eh ! ma bonne, fends moins de bois et, pour apporter l'eau, sers-toi plutôt d'une passoire !
La servante éclate de rire et répond :
– Vous avez bien de l'à-propos, ma belle ! Et quel joli fichu rouge !
– Il est pour toi, dit la petite fille.
La servante, toute joyeuse, courut serrer le fichu dans son armoire.

La petite fille regardait autour d'elle, de tous les côtés. Le feu commençait à flamber dans la cheminée. Il avait beau être un feu d'ogresse, sa flamme était belle et claire.
Et l'eau commençait à chanter dans le chaudron ; et bien que ce fût une eau d'ogresse, elle chantait une jolie chanson.
Mais ni le feu ni l'eau ne pouvaient empêcher la petite fille d'être bien triste.
Elle songeait : « À cette heure, dans la maison de ma bonne tante, j'aurais eu un verre de thé ou de lait sucré et une tartine de beurre. »

Cependant, Baba Yaga s'impatientait. De la cour, elle demande :
– Tu brodes, ma nièce ? Tu brodes, ma fille ?
– Je brode, ma tante, je brode.
Sans faire le moindre bruit, la petite fille se lève, va à la porte...
Mais le chat est là, maigre, noir, effrayant ! Avec ses yeux verts, il regarde les yeux bleus de la petite fille. Et déjà il sort ses griffes pour les lui crever.
Mais elle lui donna un morceau de jambon cru, délicieux, et lui demanda à voix basse :
– Dis-moi, je t'en prie, comment je peux échapper à Baba Yaga ?

Le chat mangea d'abord tout le jambon, puis il lissa ses moustaches, puis il répondit :
– Prends ce peigne et cette serviette, et sauve-toi. Baba Yaga va courir après toi.
Colle l'oreille contre la terre. Si tu l'entends approcher, jette la serviette, et tu verras !
Si elle te poursuit toujours, colle encore l'oreille contre la terre, et quand tu l'entendras sur la route, jette le peigne et tu verras !
La petite fille remercia le chat, prit la serviette et le peigne et s'enfuit.

Mais à peine hors de la maison, elle voit deux chiens encore plus maigres que le chat, tout prêts à la dévorer. Elle leur jette du pain tendre et ils ne lui font aucun mal.

Puis, c'est la grosse barrière qui grince et qui veut se refermer pour l'empêcher de sortir de l'enclos ; mais la petite maligne lui verse toute une burette d'huile sur les gonds, et la barrière s'ouvre largement pour la laisser passer.

Le bouleau siffle et s'agite pour lui fouetter les yeux ; mais elle le noue d'un ruban rouge ; et voilà que le bouleau la salue avec une belle révérence et lui montre le chemin.
Elle court, elle court, elle court...

Cependant, le chat s'était mis à broder. De la cour, Baba Yaga demande encore une fois :
– Tu brodes, ma nièce ? Tu brodes, ma fille ?
– Je brode, ma vieille tante, je brode, répond le chat, d'une voix très impolie.
Furieuse, Baba Yaga se précipite dans la maison.

Plus de petite fille ! Elle court au métier à broder : plus de jolie fleur !
À la place, le chat avait brodé une queue de souris !
Elle rosse le chat et crie :
– Pourquoi ne lui as-tu pas crevé les yeux, traître ?
– Eh ! dit le chat, voilà longtemps que je suis à ton service, et tu ne m'as jamais donné le plus petit os, tandis qu'elle m'a donné du jambon !

Baba Yaga rosse les chiens.
– Eh ! disent les chiens, voilà longtemps que nous sommes à ton service et nous as-tu jeté seulement une vieille croûte ? Tandis qu'elle nous a donné du pain tendre !
Baba Yaga secoue la barrière.
– Eh ! dit la barrière, voilà longtemps que je suis à ton service et tu ne m'as jamais mis une seule goutte d'huile sur les gonds, tandis qu'elle m'en a versé toute une burette !

Baba Yaga s'en prend au bouleau.
– Eh ! dit le bouleau, voilà longtemps que je suis à ton service, et tu ne m'as jamais paré d'un fil, tandis qu'elle m'a paré d'un ruban de soie !
– Et moi, dit la servante, à qui pourtant on ne demandait rien, et moi, depuis le temps que je suis à ton service, je n'ai jamais reçu de toi même une loque, tandis qu'elle m'a fait cadeau d'un joli fichu rouge !
La servante grimpe dans le cerisier pour échapper à la méchante femme.
– Va, tu ne perds rien pour attendre ! lui crie Baba Yaga. Je vais rattraper la petite fille et je la mangerai malgré vous tous. Et ne sois pas si fière de ton fichu rouge ! Demain, je le vendrai à la gitane, pour du tabac.

Toute noire de colère, Baba Yaga saute dans un mortier, et, jouant du pilon, effaçant ses traces avec son balai, elle s'élance à travers la campagne.

La petite fille colle son oreille contre la terre : elle entend que Baba Yaga approche. Alors elle jette la serviette, et voilà que la serviette se change en une large rivière ! Baba Yaga est bien obligée de s'arrêter. Elle grince des dents, roule des yeux jaunes, court à sa maison, fait sortir ses trois bœufs et les amène ; et les bœufs boivent toute l'eau de la rivière, jusqu'à la dernière goutte ; et Baba Yaga reprend sa course.

La petite fille est loin. Elle colle l'oreille contre la terre ; elle entend le pilon sur la route ; elle jette le peigne…
Et voilà que le peigne se change en une forêt touffue ! Baba Yaga essaie d'y entrer. Impossible ! Elle veut abattre les gros sapins à coups de dents, mais elle se brise toutes les dents, si bien qu'elle ne peut plus, à cette heure, manger de petits enfants, ni même de poulet.

La petite fille écoute : plus rien. Elle n'entend que le vent qui passe dans les sapins verts et noirs de la forêt. Pourtant, elle continua de courir très fort parce qu'il commençait à faire nuit, et elle pensait : « Mon papa doit me croire perdue. »

Le vieux paysan était revenu du marché. Il avait demandé à sa femme :
– Où est la petite fille ?
– Qui le sait ! répondit la marâtre. Voilà trois heures que je l'ai envoyée faire une commission chez sa tante. Elle est peut-être allée dans le bois cueillir des mûres, ou bien elle joue à la marelle sur la place.
– Quelle drôle d'idée ! Il n'y a pas encore de mûres au bois et il fait bien trop nuit, à cette heure, pour jouer à la marelle.

Enfin la petite fille, tout en courant, les joues plus roses que jamais, arriva chez son père.
Il lui demanda :
– D'où viens-tu, ma gentille ?
– Ah ! dit-elle, petit père, ma mère m'a envoyée chez ma tante chercher une aiguille et du fil pour me coudre une chemise ; mais ma tante, figure-toi, c'est Baba Yaga, la cruelle ogresse !
Et elle raconta toute son histoire.
La marâtre, qui se tenait cachée, l'entendit, et vit combien le vieil homme était en colère.
Elle eut si peur qu'elle se sauva, très loin, très loin, et on ne la revit jamais.

Depuis ce temps, la petite fille et son père vivent en paix.
J'ai passé dans leur village ; ils m'ont invitée à leur table.
La nappe était bien blanche, les gâteaux bien frais et tous les cœurs contents.

Le coq glouton

Robert Giraud, illustrations de Gérard Franquin

La fille de la fermière venait de jeter du grain pour la volaille.
Les mains sur les hanches, elle admirait sa basse-cour,
où s'affairaient les poules, les oies, les canards, les cochons.

Le coq et sa poule préférée picoraient au milieu de la cour.
La poule dit au coq :
– Tu manges toujours trop vite. Fais attention, un jour tu finiras par t'étrangler.

Soudain, le coq aperçut au milieu du grain un superbe haricot.
Vite, il se jeta dessus et l'avala goulûment.

Mais la graine était trop grosse.
Elle ne voulut pas passer et resta coincée dans la gorge du coq.
Celui-ci tortilla le cou, secoua la tête, mais rien n'y fit. Le haricot restait où il était.
Le coq avait beaucoup de mal à respirer et ne pouvait même plus se tenir debout.

La poule, affolée, courut trouver la jeune fille.
– Mademoiselle la fermière, faites quelque chose ! Le coq va mourir ! Il a avalé un énorme haricot, qui s'est coincé dans sa gorge. Donnez-moi vite du beurre, je lui en mettrai dans la gorge pour faire passer la graine !

La fille de la fermière répondit :
– Cours trouver la vache. Demande-lui du lait et apporte-le-moi.
Dès que je l'aurai, je le battrai en beurre.

La poule, sans reprendre son souffle, se précipita à l'étable.
– Vache, gentille vache, cria-t-elle. Mon coq va mourir ! Il s'est jeté sur la nourriture et a avalé de travers un gros haricot. Donne-moi vite de ton bon lait, je le porterai à la fermière, elle en fera du beurre, je graisserai la gorge du coq et le haricot passera.
– Va trouver le fermier dans le pré, lança la vache. Il faut qu'il me coupe de l'herbe bien tendre pour que je puisse avoir du lait.

La poule fila aussitôt dans le pré trouver le fermier.
– Fermier, bon fermier, haleta-t-elle, toi qui prends si bien soin de tes bêtes !
Le coq a un haricot en travers du gosier. Si on ne lui badigeonne pas vite la gorge avec du beurre, il mourra étouffé.
Coupe-moi de l'herbe tendre pour la vache, je lui porterai ! continua la poule.
La vache me donnera du lait et la fermière le battra en beurre !

Le fermier répondit :
– Rends-toi à la forge et demande au forgeron une faux bien aiguisée.
Sans cela, je ne peux pas faucher le pré.

La poule était tout essoufflée, mais elle prit ses jambes à son cou pour arriver au plus vite à la forge.

– Forgeron, rends-moi un grand service ! Mon coq s'est étranglé avec un grain de haricot. Il me faut absolument du beurre pour lui graisser le gosier, expliqua la poule. Donne-moi une faux, le maître coupera de l'herbe pour la vache, celle-ci fera du bon lait crémeux, la fermière en fera du beurre et le coq sera sauvé.

Le forgeron choisit sa plus belle faux et la donna à la poule.

La poule porta la faux au fermier, qui faucha une brassée d'herbe.

La vache mangea l'herbe, donna du lait…

La fille de la fermière en fit du beurre.

La poule courut vers le coq...
... et lui graissa la gorge.

Le haricot glissa sur le beurre, le coq put l'avaler et retrouver sa respiration normale.

Le coq se leva et lança, tout joyeux :
Co-co-ri-co !

Mina la fourmi

Anne-Marie Chapouton, illustrations d'Érika Harispé

Dans un coin de la fourmilière, Mina la petite fourmi pleure.
Ce n'est pas une fourmi comme les autres, elle est née avec cinq pattes au lieu de six.
Personne ne sait pourquoi elle est née comme ça.
« Je ne suis pas comme les autres, je suis laide avec cette patte en moins.
Et tout le monde pense en me voyant : "La pauvre petite !" »

Au bout d'un moment, Mina sèche ses larmes, et elle reprend un peu de courage, oh ! juste un tout petit peu, parce que ce n'est pas drôle de pleurer toute seule au fond d'une fourmilière quand on a une patte en moins.

Mina descend à la salle des graines.
Les ouvrières qui travaillent lui demandent :
– Qu'est-ce que tu veux, ma chérie ?

Mina répond fièrement :
– Travailler, vous aider, faire comme vous.
– Ma pauvre petite, quelle idée ! Tu ne ferais que nous gêner, et puis tu te fatiguerais.
– Le rangement des graines, ce n'est pas pour les fourmis qui… les fourmis que… enfin, c'est pour les fourmis qui… ont toutes leurs pattes.
– Va donc te reposer, petite.

Et tristement, Mina repart dans les couloirs.
Elle arrive devant la chambre de la reine.
Là, se trouve l'énorme fourmi qui pond des œufs tout le temps. Elle est entourée de servantes qui la brossent, la lèchent, la peignent pour qu'elle brille dans toute sa beauté royale.

– Qu'est-ce que c'est ? demande Sa Majesté en voyant Mina entrer.
– Je… je voudrais vous aider, vous brosser, vous lustrer, vous nettoyer la figure et les poils des antennes, ou tout ce que vous voudrez !
La reine prend un air poliment dégoûté, et dit à mi-voix :
– Mais elle est infirme ! Ôtez-la de mon regard. Ça me rend triste, et quand je suis triste je n'arrive plus à pondre.

– Ça y est ! hurle la reine. Je sens que j'ai un œuf coincé !
Les servantes jettent Mina dehors en lui disant :
– Tu n'as pas honte ? Faire coincer un œuf royal !
Et Mina se retrouve à nouveau dans les couloirs.

En arrivant devant l'étable à pucerons, elle s'arrête et regarde les travailleuses qui sont en train de traire les pucerons.
Les fourmis lèvent la tête en disant :
– Bonjour !
– Tu vas bien ?
– Tu n'es pas trop fatiguée ?
– Tu n'as pas fait de cauchemars ?
– Tu as bien digéré ?

Pauvre Mina ! Comment parler avec des gens qui ont tellement pitié de vous ?
Mina répond des « oui » et des « non », et puis elle s'en va.

Elle s'en va en se répétant :
– Pourquoi suis-je différente des autres ? Est-ce qu'une patte en moins, c'est si important que ça ?

Au bout du couloir, c'est la sortie de la fourmilière.
Tout essoufflée, Mina débouche au grand jour.
Les pâquerettes sont des soleils géants. Les feuilles d'herbe tremblent, les gouttes de rosée brillent de mille reflets.

Mina regarde, émerveillée. Et puis elle écoute.
Partout, des bruits légers : des *crouic*, des *crac*, des *chouououttt*, des *frrrrl*.

Tout le monde des animaux est au travail : chacun à sa place, chacun à son petit train-train.

Alors, Mina respire très, très fort. Et elle dit :
– Non ! ça ne se passera pas comme ça !

Et la voilà qui redescend dans la fourmilière.

En passant devant la chambre royale, elle crie bien fort :
– Grosse Madame la Reine, ça m'est égal que vous n'aimiez pas me voir !
Moi, je n'aime pas tellement vous voir non plus.

Puis elle descend, elle descend, elle descend jusqu'à la salle des bébés.
C'est là qu'on ouvre les cocons pour aider les nymphes à sortir.
– Je viens vous aider à ouvrir les cocons, annonce Mina.
– Ce n'est pas la peine… commencent à dire les ouvrières.
Mina répond :
– Si, justement, c'est la peine ! Si jamais vient au monde une petite fourmi à qui il manque une patte, comme à moi, ou une antenne, ou une mandibule… Que saurez-vous lui dire ? Moi, je lui expliquerai qu'en dedans, elle est tout à fait comme les autres. Et moi, elle me croira.

Les ouvrières regardent Mina, et elles lui disent :
– Allons, Mina, au travail.

Nuit de mai

Texte et illustrations d'Albertine Deletaille

Ces deux garçons, forts et courageux,
n'ont peur de rien, sauf parfois...
un tout petit peu... d'une seule chose...
la nuit noire !

Maman leur dit :
– C'est vrai ? Le noir vous fait peur.
Eh bien, à notre tour, nous allons
faire peur au noir !
Elle prend du papier blanc et des ciseaux
et découpe deux masques de lion,
deux masques terribles pour ses garçons.

Ils les essaient devant le miroir
et font des gestes menaçants :
– *Grrrrouou !* Je vais te manger, dit Pierre-Yves.
– *Grrrrouou !* Et moi aussi, dit Laurent.
– *Grrrrouou ! Grrrouou !*
– Ne déchirez pas vos masques, dit Maman,
vous les mettrez quand le noir sera venu.

Dès le coucher de soleil, Laurent et Pierre-Yves attendent à la fenêtre.
Lentement, la campagne s'assombrit. Les fleurs blanches semblent plus blanches encore, elles se voient plus longtemps que les autres.

La chouette annonce la nuit. Il fait tout à fait noir maintenant :
– Ça y est, dit Maman, allez-y !
Les lions s'élancent en rugissant dans le noir :
– Rrrrraou ! Grrrrouou ! Rrrrraou !

Tout est noir. Les lions ne voient rien, puis leurs yeux s'habituent.
– Dis donc, Pierre-Yves, le noir se sauve !
– Chassons-le partout ! *Rrrrraou ! Rrrrraou !*
Ils recherchent les endroits les plus sombres :
– Tu irais, toi, derrière les buissons ?
– Oh oui ! Et près du mur ? Et sous la table ?
– Ce n'est plus la peine de rugir, le noir est presque parti.

– Regarde Laurent, le ciel est plein d'étoiles !
Dans le silence paisible, on n'entend d'abord rien d'autre qu'un filet d'eau qui s'écoule quelque part.
Un grillon se met à crisser lentement, tout bas, puis de plus en plus fort et de plus en plus vite.
Deux grillons, trois, des millions de grillons, tout autour et jusqu'au loin, crissent et crissent en cadence.

Près de l'eau, une grenouille coasse. D'autres lui répondent gravement.
– Viens, Pierre-Yves, allons voir les grenouilles !
– Je sais bien comment elles font pour faire ce bruit, dit Laurent. Elles gonflent et dégonflent leurs joues, comme ça : *coa - coa !*
– Chut ! Pas si fort ! Tu fais taire les grenouilles et les grillons !

Une lueur monte derrière la colline... La lune paraît.
D'un olivier s'élève un chant d'oiseau.
– C'est un rossignol, dit Laurent tout bas.
Alors commencent les longues phrases, tantôt joyeuses, tantôt tristes, que cet oiseau lance dans la nuit. De loin, un autre lui répond.

Tout à coup, une petite musique se met à tinter, comme des sons de clochettes ou de flûte.
– Qu'est-ce que c'est ? dit Pierre-Yves. Ce ne sont pas des fées ? Ça n'existe pas ?
– Chut ! dit Laurent... Cherchons sans bruit. J'enlève mon masque, il me gêne.
– Moi aussi, dit Pierre-Yves. On dirait que cette musique sort du mur. Regarde, Laurent. Là ! Là !
D'entre les pierres mal jointes sortent huit petits crapauds,
lançant chacun à son tour une note claire.
– Vite Pierre-Yves, prends ton seau, poussons-les dedans avec une feuille.
– Courons les porter à la maison.

– Papa ! Maman ! Nous avons des crapauds !
– Des crapauds pour notre chambre !
– Des crapauds qui jouent du pipeau !
– Des crapauds ? Dans la chambre... Ah, non ! dit Maman.
– Mettez-les plutôt dehors, sous la fenêtre, dit Papa.
La nuit, vous les entendrez de votre lit.
– Mais où sont vos masques ?
– Euh... Les masques ? Oh, ils ne servent plus à rien, tu sais ! Le noir ne nous fait plus peur du tout.

Laurent se penche vers le lit de son frère :
– Tu entends nos crapauds ?
– ....
– Je te dis : tu entends nos crapauds ? Réponds !

Mais le plus petit lion dort déjà.
L'autre, alors, se retourne avec un soupir et s'endort, lui aussi, en écoutant la musique de la nuit.

Tirbouchonet a la rougeole

Jacqueline Girardon, illustrations de Catherine Mondoloni

Ce matin-là, en réveillant Tirbouchonet, Maman Cochon a vu qu'il avait de la fièvre et des petits boutons rouges sur tout le corps.

Maman Cochon fait venir le docteur Guéritou. Il ausculte Tirbouchonet et dit :
– Votre petit Tirbouchonet a la rougeole. Il doit rester au lit pendant une semaine et prendre du sirop trois fois par jour.

Cela n'enchante pas Tirbouchonet.
Il n'aime pas du tout rester au lit.
Et il se met à pleurer.

Tirbouchonet entend ses amis,
les petits cochons, qui font des rondes
et des jeux, dehors.
Comme il aimerait les rejoindre !

Tirbouchonet a mal à la gorge. Tirbouchonet a mal aux yeux. Tirbouchonet a soif.
Maman Cochon lui donne à boire.
Elle tire sur les rideaux et quitte la chambre sur la pointe des sabots.

Tirbouchonet reste seul dans l'obscurité. Au-dehors, le soleil brille sur les amis de Tirbouchonet, qui continuent leurs rondes et leurs jeux...

Tirbouchonet rêve, il rêve d'un gros hippopotame.
Gros, si gros ! qu'il occupe toute sa chambre.
Gros, si gros ! qu'il menace de pousser les murs.
Gros, si gros ! qu'il écrase Tirbouchonet au fond de son lit.
Gros, si gros !

Tirbouchonet a peur. Il va mourir étouffé…

Il ouvre les yeux. Maman Cochon est là. Elle le cajole et le rassure :
– Tu as fait un cauchemar, mon petit Tirbouchonet.

L'après-midi, le sirop du docteur Guéritou commence à faire son effet.
Tirbouchonet se sent déjà un peu mieux quand Grand-Mère Cochon fait son apparition.

Grand-Mère lui offre un beau livre et lui raconte tout de suite l'histoire :
Histoire des trois petits cochons et du grand méchant loup.
Tirbouchonet en frémit de plaisir.

Puis arrivent Tante Agathe et Oncle Jules.
Ils racontent de bonnes blagues à Tirbouchonet et la chambre s'emplit de rires joyeux.

Maintenant ils chantent tous en chœur :
Un petit cochon, pendu au plafond.
Tirez-lui la queue, il pondra des œufs...

Déjà le soir. Voilà Papa Cochon
qui rentre de son travail.
Il vient s'asseoir près de Tirbouchonet
et lui raconte sa journée.

– Maman, Papa, Grand-Mère, Tante Agathe
et Oncle Jules, et même le Docteur Guéritou,
je les aime tous, murmure Tirbouchonet heureux.

Au-dehors, ses amis, les petits cochons, ont cessé leurs rondes et leurs jeux.
Un ciel gris et un petit vent frileux les ont fait se réfugier dans leur maison.

Petits cochons, il se pourrait bien que demain... vous aussi,
vous ayez de la fièvre et des petits boutons rouges sur tout le corps.
Alors, votre maman appellera le docteur Guéritou.
Il viendra dans votre maison, vous auscultera et dira :
– Vos petits ont la rougeole. Ils doivent rester au lit pendant
une semaine et prendre du sirop trois fois par jour...

Pauv' Coco

Marie Colmont, illustrations de Pierre Belvès

Personne n'a jamais su qu'il s'appelait Pauv' Coco, j'aime autant le dire ;
c'est lui qui s'est nommé ainsi, à son idée, sans doute parce qu'il ne se trouve pas trop heureux.
C'est un petit œuf en bois peint, parfaitement bien imité, avec un petit bout et un gros bout,
et d'une jolie couleur blanc crème absolument pareille à celle des vraies coquilles.
Il se souvient des longs jours passés dans un endroit sombre et plein de poussière
(ça devait être un bazar) où personne ne s'occupait de lui. Quelle triste vie !

Hier, quelqu'un est venu – on ne sait pas qui, peut-être les cloches ? –
et l'a ramassé avec beaucoup d'autres objets dans une grande corbeille, et l'a emporté,
et l'a caché sous une énorme feuille de rhubarbe, dans le jardin.
Pauv' Coco trouve ça tout drôle d'être assis sur la terre ; il a froid ;
le vent lui apporte de grands bruits chantants et mystérieux
(ce sont les cloches de Pâques, mais naturellement
il ne peut pas le savoir). Il n'a pas le temps de s'étonner.
Une bande d'enfants envahit le jardin :
– Les œufs de Pâques !
Où sont-ils ?
Puis, tout de suite,
de grands cris :
– J'en ai un !
– Moi aussi ! En chocolat !
– Moi aussi ! Un qui s'ouvre
avec une poupée dedans !

Le vacarme dure longtemps ; des petits pas courent
sur le gravier, des petites mains fourragent les feuilles,
et on entend toujours des cris joyeux et des rires.
Puis cela s'éloigne. Et maintenant les enfants sont partis,
personne n'a trouvé Pauv' Coco dans sa cachette, et la nuit tombe.

Brrr ! La nuit tombe et tout devient froid et noir.
Pauv' Coco n'a jamais couché dehors.
Il frissonne. Qu'est-ce qui va arriver ?

Il arrive… lentement… lentement…
sous les feuilles…
UNE ÉNORME COULEUVRE !
Oh ! là là ! Elle va l'avaler ?
Oui, c'est bien ça qu'elle va faire ; une fricassée d'œufs, c'est son régal.
Elle ouvre grand, grand, GRAND ses mâchoires, et *croc !* Ça y est !
Non, pas du tout, ça n'y est pas ! L'œuf est trop dur, il ne passe pas.
– Qu'est-ce que c'est que cet œuf-là ? crie la couleuvre, dépitée.
On ne peut même pas le manger !
Et elle l'envoie rouler d'un coup de queue sur le gazon.
– C'est vrai, dit Pauv' Coco tout penaud, je suis un drôle d'œuf.

Arrive maintenant… doucement… doucement… sous les feuilles…
UNE LONGUE BELETTE, venue du bois voisin.
Pauv' Coco, mon ami, cette fois-ci…

La belette s'approche, reniflant de plaisir… Attention ! La voici !
Elle ouvre grand, grand, GRAND, sa gueule, et *croc !*
Hé bien non ! Ça n'y est pas !
– *Aïe ! aïe !* crie-t-elle en crachant trois dents qu'elle vient de se casser sur la dure coquille de Pauv' Coco. En voilà un œuf qui ne se laisse pas manger ! Jamais vu ça !
Et, toute colère, des quatre pattes, elle l'envoie rouler dans le bois.
– Quelle misère ! dit Pauv' Coco honteux ; même pas bon à manger !

Roule, roule, Pauv' Coco, roule sur la mousse et les feuilles mortes, roule jusqu'à l'étang. Heureusement que les roseaux sont là et qu'ils l'arrêtent, sans quoi il prenait un bon bain, et on ne sait plus ce qui se serait passé.

Juste au moment où il allait s'endormir – parce qu'il était fatigué, vous comprenez, avec toutes ces histoires – voilà qu'arrive… *plic-ploc… plic-ploc…* glissant dans la vase…
… UN GROS CRAPAUD VERT…

– Chic ! s'écrie le crapaud, un ballon de rugby ! Hé ! Crapaudin, Crapaudou, Crapaudet, venez vite ; venez tous ! On va faire une partie !

Ils furent bientôt quinze autour de Pauv' Coco. Et je te lance, et je te rattrape, et je te marque un essai : bref une vraie partie !
Patatras ! Qu'est ce qui se passe ?

C'est Crapaudin qui a voulu faire, avec sa tête, un « crâne » magnifique. Il s'effondre, assommé. La partie est finie, pleurons, pleurons ! Hors d'ici, affreux ballon.
– Hélas ! gémit Pauv' Coco, complètement dégoûté de lui-même : pas même bon à faire un ballon de rugby !

Voilà Pauv' Coco dans les herbes, qui pleure et se lamente.
S'il avait des bras, il se donnerait bien des gifles, pour s'apprendre à être si bête, si nul, si...
Mais il n'a pas de bras, et doit se contenter de pleurer en dedans, avec son pauvre petit cœur tout gros d'œuf qui ne sert à rien.

Arrive, au petit matin... ***koek... koek...*** sur ses hautes pattes...
UN GRAND MONSIEUR CIGOGNE,
qui est descendu se rafraîchir à l'étang.
– Tiens ! dit-il, un œuf !
Je vais l'apporter à ma femme,
puisqu'elle couve, un de plus, ça ne la gênera guère !

Pauv' Coco est en travers du bec de la cigogne,
et vogue au-dessus des nuages et tremble de peur et de vertige.
Enfin, voici le nid, tout en haut du clocher.

– Qu'est ce que tu m'apportes là ? grince la dame Cigogne, qui a mauvais caractère
et qui s'ennuie, assise sur ses œufs. Tu trouves que je n'ai pas assez à faire ?
Elle prend tout de même Pauv' Coco avec les autres œufs, le couvre de ses plumes.

Des jours se passent. *Bouh !* Qu'il fait chaud là-dessous !
Pauv' Coco étouffe, il n'en peut plus !

Un jour, un petit cigogneau sort de son œuf, puis un autre.
– Hé ! toi, là-dedans, à ton tour, crient-ils en piquant Pauv' Coco du bec.
Pauv' Coco se démène, pousse de toutes ses forces : qui sait, il finira peut-être par éclater aussi, par faire sortir de lui quelque chose de tout à fait joli ?
Ah ! ouiche : rien du tout !
Les cigogneaux deviennent méchants, le nid est plein de fientes, ça sent bien mauvais.
– *Ouste* dehors ! crie la cigogne, on ne fera jamais rien de bon de cet œuf-là !
Et elle le jette en bas d'un coup de bec.

– Encore raté ! se lamente Pauv' Coco. Bon à rien ! Bon à rien !
En attendant, il dégringole, roule sur le toit pointu du clocher, rebondit sur celui de la ferme voisine, ***patatras !*** tombe sur le fumier, roule encore, s'immobilise.

Or, il y avait dans cette ferme une petite orpheline qu'on avait prise par charité, mais qu'on faisait travailler dix fois plus que les autres, qu'on nourrissait mal et qu'on battait.

Elle était la servante de tous et raccommodait les nippes en gardant le troupeau ; jamais les reprises n'étaient assez bien faites ; elle se piquait les doigts avec son aiguille, mettait du sang partout : ***pan !*** encore des taloches !
« Cette Nicolette, disait la fermière, qu'elle est sale et maladroite ! »

Eh bien ! c'est Nicolette qui a trouvé Pauv' Coco.
Elle l'a bien essuyé, bien regardé, et puis, comme elle n'était pas bête, elle l'a glissé dans le talon du bas qu'elle raccommodait : plus de doigts piqués, plus de sang sur la laine, plus de taloches, et une si jolie petite reprise !

Maintenant, Pauv' Coco est content : il a trouvé sa voie ;
personne n'avait compris encore que c'était un œuf à raccommoder les bas !
Il ne quitte plus la poche de Nicolette ; il fait bravement tous les jours son petit métier.

Et voulez-vous avoir le dernier mot de l'histoire ?
Pauv' Coco était creux !
Nicolette a trouvé ça un jour par hasard,
en tournant la coquille un petit peu à droite,
un petit peu à gauche : ça s'est ouvert,
C'ÉTAIT PLEIN DE BONBONS !
Justement des pastilles à la menthe,
celles qu'elle aime le mieux !
Si humble, si nu, si pauvre,
Pauv' Coco a tout de même eu
quelque chose à donner à son amie.

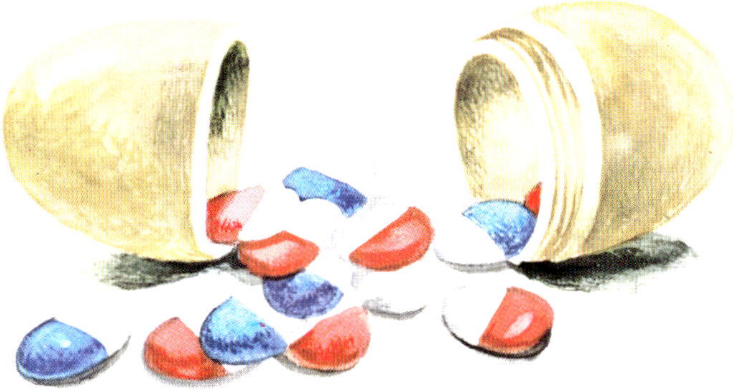

Le gros navet

Raconté par Robert Giraud d'après la tradition russe, illustrations de Gérard Franquin

Après le long hiver russe, la neige avait fondu, le printemps était revenu.
Il était temps de semer les légumes dans le potager.

Le grand-père sema les légumes et, pour finir, déposa dans un trou une graine de navet.

Le grand-père prit bien soin de ses plantations.

Le navet, surtout, lui donnait de la satisfaction.

Il poussait plus vite que tous les autres légumes.

Le navet avait tant poussé que le grand-père se demanda comment il ferait pour le cueillir.

Le grand-père se retroussa les manches, cracha dans ses mains, empoigna les feuilles du navet, s'arc-bouta.

Mais le navet ne bougea pas d'un centimètre.
– Mère, viens m'aider ! cria le grand-père.

La grand-mère prit le grand-père par la taille, le grand-père s'arc-bouta, la grand-mère aussi.

Mais le navet ne bougea toujours pas.

– Allons, on recommence, plus fort ! lança le grand-père.

Et, pour soutenir son effort, il répétait :
– *Tire, tire, tire-navet !*
Tire, tire, tire-navet !

Et la grand-mère reprenait :
– *Tire, tire, tire-navet !*
Tire, tire, tire-navet !

Mais le navet demeurait rivé au sol.

– Va appeler notre petite-fille, proposa le grand-père.

– Macha, viens vite ici ! appela la grand-mère.

Macha accourut et se cramponna à sa grand-mère.
Le grand-père s'arc-bouta, la grand-mère aussi, Macha aussi, tout en scandant :
– *Tire, tire, tire-navet !*

Mais celui-ci ne voulait toujours pas bouger.
Macha siffla alors son chien Boby.

Boby déboula de la maison, se précipita dans le potager et s'accrocha à Macha.
Le grand-père s'arc-bouta, la grand-mère aussi, Macha aussi, Boby aussi.

Les « *Tire, tire, tire-navet !* » recommencèrent, accompagnés des jappements furieux du chien. Mais le navet faisait le sourd.

Que faire ?
Le grand-père était désespéré.
Alors, Macha alla chercher le chat.

Celui-ci arriva en s'étirant et s'accrocha à Boby.
Le grand-père s'arc-bouta, la grand-mère aussi, Macha aussi, Boby aussi, le chat aussi.

Les miaulements se joignirent aux jappements et aux « *Tire, tire, tire-navet !* ».
Mais le légume géant manifestait toujours la même mauvaise volonté.

Le grand-père et la grand-mère étaient debout immobiles, les bras ballants, Macha pleurait, Boby et le chat se regardaient.

C'est alors que la souris sortit de la maison.
Tous se remirent à tirer, la souris s'accrocha au chat et le navet, aussitôt, jaillit de terre.
Personne n'avait même eu le temps de dire « *Tire, tire, tire-navet !* », d'aboyer ou de miauler.

Le grand-père tomba à la renverse sur la grand-mère, la grand-mère sur Macha, Macha sur Boby, Boby sur le chat, et il n'y eut que la souris qui se dégagea à temps pour ne pas se faire écraser.

La Bonne Vieille

Marie Colmont, illustrations de G. de Sainte-Croix

Depuis quinze jours, il pleuvait.
Au fond de sa petite maison –
celle qui est tout là-bas dans le milieu de la forêt –
la Bonne Vieille tricotait en se balançant : son fauteuil à bascule faisait
« *Rron ! Rron !* » sur le parquet bien ciré, le feu pétillait dans la cheminée,
et il y avait dans les armoires et dans la grange assez de provisions pour durer tout l'hiver.
Sous sa grosse robe chaude, avec son fichu à fleurs noué sous le menton pour lui garer
les oreilles des courants d'air, elle se sentait à l'aise et guère en peine du lendemain.
Aussi fredonnait-elle une petite chanson guillerette, quand tout à coup, *Pan ! Pan ! Pan !*
quelqu'un frappa à la porte.
– Oh là ! Ho ! fit la Vieille en sautant. Qui va là ?
Mais pas de réponse. Il fallut bien ouvrir.

– Hé là ! Ho ! ma pauv'bête, dans quel état te v'là ! dit la Vieille.
C'était un pauvre cheval, si trempé d'eau qu'il lui coulait quatre ruisseaux
des quatre pattes et un cinquième du bout de la queue.

La Vieille était bonne (c'est même pour ça qu'on l'appelait la Bonne Vieille). Elle mena le cheval dans la grange, lui frotta le dos d'une poignée de paille, lui mit le nez dans un couffin d'avoine et le laissa mâchi-mâchant son bon repas.

À peine avait-elle repris son ouvrage (*« Rron ! Rron ! »* faisait le fauteuil à bascule sur le parquet) que tout à coup, *Pan ! Pan ! Pan !* quelqu'un frappa à la porte.
– Ho là ! Ho ! fit la Vieille, qui va là ?
Mais pas de réponse. La Vieille alla ouvrir.

– Hé là ! ma pauv'bête ! comme te voilà faite !
C'était une biquette noire et blanche, si trempée d'eau qu'il lui coulait quatre ruisseaux des quatre pattes et un cinquième du bout de la barbiche.
La Vieille mena la biquette dans la grange, lui frotta le dos d'un vieux sac, lui mit le nez dans la crèche au foin et la laissa brouti-broutant son bon repas.

« *Rron ! Rron !* » refit le fauteuil à bascule, cependant que la Vieille reprenait son tricot.
Mais la minute d'après, *Pan ! Pan ! Pan !* quelqu'un frappa à la porte.
– Ho là ! Ho ! fit la Vieille. Qui va là ?
Naturellement, pas de réponse. Il n'y avait que d'aller voir
(et ça faisait un drôle de bruit là derrière...)

– Hé là ! dit la Vieille, mon pauv'animal, d'où qu'tu sors ?
C'était un gros petit sanglier, si trempé d'eau qu'il lui coulait quatre ruisseaux des quatre pattes, et un cinquième du bout de sa queue torse, et encore un sixième du bout de son museau noir.
La Vieille le mena dans la grange, lui frotta le dos d'un vieux jupon

(et le sanglier a la peau si dure que ça déchira le vieux jupon en miettes),
lui mit le nez dans une caisse pleine de glands doux et le laissa,
grogni-grognant, croqui-croquant son bon repas.

– *Ouf !* dit la Vieille en se laissant tomber dans le fauteuil (« *Rron ! Rron !* » sur le parquet…) ; vais-je enfin être tranquille ?
Pensez-vous ! Cinq minutes après, *Pan ! Pan ! Pan !* quelqu'un frappait à la porte.
– Ho là ! Ho ! fit la Vieille. Qui va là ?
Mais comme personne ne répondait, elle alla vite ouvrir.

– Hé là ! mon pauv'toutou, de quoi qu't'as l'air !

C'était un chien-à-longues-oreilles, tout penaud, tout frileux, et si trempé d'eau qu'il lui coulait quatre ruisseaux des quatre pattes, et deux encore du bout de ses longues oreilles.
La Vieille le mena dans la grange, lui frotta le dos d'un vieux chiffon, lui mit le nez dans une écuelle de soupe bien chaude (avec deux morceaux de sucre sur le côté pour le dessert) et le laissa mangi-mangeant son bon repas.

Mais cinq minutes après encore, *Pan ! Pan ! Pan !* quelqu'un frappe à la porte.
Et quand la Vielle alla ouvrir :
– Hé là ! mon pauv'minet, dit-elle, qu'est-ce qui t'arrive ?
C'était un petit chat gris si trempé d'eau
qu'il lui coulait quatre ruisseaux des quatre pattes,
et un encore du bout de chaque poil des moustaches.
La Vieille le mena dans la grange, lui frotta le dos d'une vieille chaussette,
lui mit le nez dans une tasse de lait et le laissa lapi-lapant son bon repas.

Puis cinq minutes après, ***Pan ! Pan ! Pan !*** fit-on de nouveau.
Mais cette fois, c'était à la fenêtre, et tout doux, tout doux !
La Vieille ouvrit donc la fenêtre :
– Hé là ! mon pauv'oiseau, t'es ben arrangé !
C'était un pigeon ramier couleur d'ardoise, et si trempé d'eau, celui-là, qu'il lui coulait un ruisseau du bout de chaque plume, et deux aussi de ses pattes roses, et un encore du bout de son bec (et le total, je ne peux pas vous le dire, c'est trop compliqué).
La Vieille le porta jusqu'à la grange, lui frotta le dos d'une poignée de mousse, lui mit sous le bec une soucoupe de millet et une autre de chènevis et le laissa piqui-piquant son bon repas.
Après ça, il ne se passa rien pendant longtemps.

La Vieille avait repris son tricot et le fauteuil à bascule faisait ;
« *Rron ! Rron !* » bien régulièrement sur le parquet.
Mais petit à petit voilà qu'il vint de la grange tout un lot de gémissements :
le chien hurlait comme les soirs de pleine lune, la biquette criait « *Mêê !* »
à fendre l'âme et le hennissement du cheval avait l'air d'un sanglot.
C'était lamentable.

– Qu'est-ce qui se passe ? dit la Vieille en allant voir.
Or, ils étaient tous là, bien secs, poils ou plumes bien luisants,
et toutes leurs auges ou écuelles bien vidées.
Alors la Vieille se mit en colère ;
– Quoi ? cria-t-elle. Je vous ai secourus. Je vous ai séchés et nourris et vous n'êtes pas contents ? Qu'est-ce qu'il vous faut encore ?
Si ç'avait été le soir de Noël, naturellement, les bêtes auraient pu parler et répondre ;
mais ce n'était qu'une nuit comme les autres et tout ce qu'ils pouvaient faire, c'était de rester là avec leurs gémissements timides et leurs yeux suppliants (même le chat qui a d'habitude un petit regard canaille…).
Heureusement, on répondit pour eux.

L'armoire-aux-provisions dit en grinçant :
– Un petit peu plus que le pain de tous les jours...
Le feu crachota :
– Un petit peu de chaleur aussi autour du cœur...
Et le vent qui voit tout, depuis le temps qu'il se promène par tous les pays de la terre, siffla dans les fentes :
– Un petit peu d'amitié...
J'ai dit que la Vieille était bonne, mais là, vraiment bonne.
Elle regarda le beau parquet ciré de sa demeure, puis les bêtes aux pattes boueuses, et, haussant un peu les épaules fit :
– Allons, venez...

Elle s'assit dans son fauteuil et prit un vieux livre de contes.
Le chat sauta sur ses genoux, le ramier se percha sur son épaule. Le cheval s'adossa contre la cheminée, croisant les pattes de devant, avec la biquette en face. Le sanglier, qui a facilement trop chaud, se mit en travers de la porte, et le chien-à-longues-oreilles, avec un petit soupir heureux, s'allongea sur le tapis.
Alors, levant la main dans ce beau silence plein de douceur, comme une grand-mère au milieu de ses enfants, la Bonne Vieille se mit à conter une histoire :
– Écoutez tous... Il était une fois...

Deux petits cochons trop cochons

Béatrice Rouer, illustrations de Gérard Franquin

C'est l'histoire de deux petits cochons qui sont vraiment très cochons, surtout lorsqu'ils mangent !
Et bien entendu, ça énerve leur maman ! Elle leur dit :
– Nanie et Nono, voulez-vous manger proprement ! Non mais, regardez-moi ça un peu, ces gros dégoûtants...

Mais Nanie et Nono ne l'écoutent pas.
À chaque repas, il y en a un des deux qui renverse son verre d'eau : ça fait un petit ruisseau !
Alors l'autre met au milieu des morceaux de pain : ça fait des îlots...

Et puis ils ont inventé un jeu, c'est de se déguiser avec ce qu'ils mangent.
Par exemple, quand il y a de la purée, ils s'en étalent plein la figure pour faire un maquillage rigolo. Avec un peu de sauce tomate sur le bout du nez, les voilà transformés en clowns.
Et quand ils s'ajoutent des spaghettis sur la tête pour avoir des longs cheveux alors là, ils se trouvent carrément beaux !

Il n'y en a qu'une qui ne rit pas, vous vous en doutez, c'est leur maman !
À chaque repas, elle leur répète :
– Vous vous croyez beaux tous les deux ? Eh bien, vous vous trompez : vous êtes affreux. Et même tellement affreux, que, j'en suis sûre, si le loup vous rencontrait, il aurait peur de vous !

Mais les deux petits cochons trouvent ça très bien que le loup puisse avoir peur d'eux. Ainsi, ils n'ont pas besoin de se méfier. Et du coup, lorsqu'ils partent se promener dans la forêt, Nanie et Nono ne se méfient pas du tout. Très souvent, ils s'enfoncent loin, loin dans les grands bois, persuadés que le loup se sauvera en les voyant.

Alors, ce qui devait arriver, arrive : le loup les capture !
Sans bruit, il se place derrière eux, attrape Nanie par l'oreille, Nono par la queue, et les enfourne tous les deux dans son grand sac noir.
Puis, tranquillement, il s'en retourne chez lui.

Tout au fond du sac, Nanie et Nono sont trimbalés, bousculés, secoués et ça leur fait mal de tous les côtés. Mais ils se disent qu'après tout, ça n'est pas si grave : bientôt ils vont trouver le moyen de faire tellement les dégoûtants que le loup, horrifié, se sauvera à toute allure.

À présent, le loup arrive chez lui, il les sort du sac, les tourne, les retourne, puis les regarde, et prend un air satisfait :
– Mes merveilleux petits amis, vous êtes gras et dodus à souhait et je sens que je vais me régaler... Cependant, pour que les petits cochons soient vraiment délicieux, tous les livres de cuisine recommandent de bien leur remplir l'estomac avant de les faire cuire. Aussi, il faut que vous mangiez : asseyez-vous là.

Et le loup les installe chacun sur une chaise, une grande serviette autour du cou.
Puis il amène plein de bonnes choses sur la table.

Nanie et Nono sont enchantés : à présent, ils sont sûrs de pouvoir faire peur au loup...

Et les voilà qui commencent à manger encore plus salement que d'habitude : ils se barbouillent de purée et de sauce tomate, se font une perruque de spaghettis, s'ajoutent des petits pois dans les oreilles, et même quelques grains de sel sur le bout de la queue.
Puis ils regardent le loup en lui faisant « *Hou* » et une énorme grimace.
Mais le loup n'a pas du tout l'air effrayé, et, au lieu de se sauver à toute allure, il les regarde en rigolant...

Alors Nanie et Nono pensent que sans doute ils n'ont pas été assez dégoûtants !
Aussitôt, ils se mettent à boire leur soupe comme les chiens et les chats : en faisant plein de bruits et en plongeant la tête dedans si bien qu'il n'y a plus que leurs oreilles qui dépassent.
Si leur maman les voyait, elle serait certainement horrifiée.

Mais leur maman n'est pas là. Ils sont seuls avec le loup et celui-ci n'a pas l'air du tout horrifié. Bien au contraire, il les regarde, les yeux brillants de gourmandise.

Et tout à coup, il découvre ses longues dents blanches… et parle :
– Très bien, très bien, mangez mes beaux. Vous serez meilleurs pour moi…
Je sens que le moment approche où je vais pouvoir vous déguster.

Alors, Nanie et Nono commencent à se rendre compte que non, vraiment, deux tout petits cochons, même très cochons, ça ne fait pas peur à un gros loup. Du coup, ils se disent qu'ils doivent trouver un autre moyen de se sauver…

À ce moment, le loup se tourne vers eux d'un air décidé :
– Bon, assez rigolé, passons aux choses sérieuses.
Et le voilà qui soulève le couvercle de sa grande marmite noire…
– L'eau de ma marmite est en train de bouillir… Il est temps que je vous plonge dedans.

Aussitôt, les deux petits cochons attrapent chacun
une des pattes du loup, et le renversent dans la marmite.
Puis, Nanie remet le couvercle, tandis que Nono ouvre la porte...
... et tous les deux prennent leurs pattes à leur cou,
pour revenir chez eux le plus vite possible.

Et, depuis ce jour-là, bizarrement,
Nanie et Nono ont été des cochons
vraiment très très propres.
Car, voyez-vous, manger salement,
c'est bien, mais si ça n'amuse pas leur maman,
et si ça ne fait même pas peur au loup,
alors, ça n'est peut-être pas si intéressant...

Index alphabétique

Index par âge

3-4 ans

5-6 ans

6 ans et plus

Index de temps de lecture

Court

Moyen

Long

Index thématique

Afrique

Amitié

Animaux

Animaux perdus

Danger

Désobéissance

Différence

Éducation

Ferme et campagne

Forêt

Inde

Jalousie

Liberté

Magie et métamorphose

Maladie et bobo

Maman

Méchanceté

Neige et hiver

Noël

Nourriture

Ogre et ogresse

Oiseau

Ours

Pauvreté

Peur

Promenade

Renard

Retrouvailles

Ruse

Sagesse

Singe

Solidarité et générosité

Sommeil

Vie au village

Voyage